Tucholsky Wagner Zola Scott Sydow Freud Schlegel
Turgenev Fonatne Wallace
Twain Walther von der Vogelweide Fouqué Friedrich II. von Preußen
Weber Freiligrath Frey
Fechner Fichte Weiße Rose von Fallersleben Kant Ernst Frommel
Richthofen
Engels Fielding Hölderlin
Fehrs Faber Flaubert Eichendorff Tacitus Dumas
Eliasberg Ebner Eschenbach
Feuerbach Maximilian I. von Habsburg Fock Eliot Zweig
Ewald Vergil
Goethe London
Mendelssohn Balzac Shakespeare Elisabeth von Österreich Dostojewski Ganghofer
Lichtenberg Rathenau Doyle Gjellerup
Trackl Stevenson Hambruch
Mommsen Tolstoi Lenz Droste-Hülshoff
Thoma Hanrieder
Dach von Arnim Hägele Hauff Humboldt
Verne
Karrillon Reuter Rousseau Hagen Hauptmann Gautier
Garschin
Damaschke Defoe Hebbel Baudelaire
Descartes
Hegel Kussmaul Herder
Wolfram von Eschenbach Dickens Schopenhauer
Bronner Darwin Melville Grimm Jerome Rilke George
Campe Horváth Aristoteles Bebel Proust
Bismarck Vigny Barlach Voltaire Federer Herodot
Gengenbach Heine
Storm Casanova Tersteegen Grillparzer Georgy
Chamberlain Lessing Langbein Gilm Gryphius
Brentano Lafontaine
Strachwitz Claudius Schiller Kralik Iffland Sokrates
Bellamy Schilling
Katharina II. von Rußland Gerstäcker Raabe Gibbon Tschechow
Löns Hesse Hoffmann Gogol Wilde Gleim Vulpius
Luther Heym Hofmannsthal Klee Hölty Morgenstern
Roth Heyse Klopstock Kleist Goedicke
Luxemburg Puschkin Homer Mörike Musil
La Roche Horaz
Machiavelli Kierkegaard Kraft Kraus
Navarra Aurel Musset Moltke
Nestroy Marie de France Lamprecht Kind Kirchhoff Hugo
Laotse Ipsen Liebknecht
Nietzsche Nansen
Marx Ringelnatz
von Ossietzky Lassalle Gorki Klett Leibniz
May vom Stein Lawrence Irving
Petalozzi Knigge
Platon Kafka
Sachs Pückler Michelangelo Kock
Poe Liebermann
de Sade Praetorius Mistral Zetkin Korolenko

Der Verlag tredition aus Hamburg veröffentlicht in der Reihe **TREDITION CLASSICS** Werke aus mehr als zwei Jahrtausenden. Diese waren zu einem Großteil vergriffen oder nur noch antiquarisch erhältlich.

Symbolfigur für **TREDITION CLASSICS** ist Johannes Gutenberg (1400 — 1468), der Erfinder des Buchdrucks mit Metalllettern und der Druckerpresse.

Mit der Buchreihe **TREDITION CLASSICS** verfolgt tredition das Ziel, tausende Klassiker der Weltliteratur verschiedener Sprachen wieder als gedruckte Bücher aufzulegen – und das weltweit!

Die Buchreihe dient zur Bewahrung der Literatur und Förderung der Kultur. Sie trägt so dazu bei, dass viele tausend Werke nicht in Vergessenheit geraten.

Heißes Blut

Gabriele d'Annunzio

Impressum

Autor: Gabriele d'Annunzio
Übersetzung: Fritz Brandé
Umschlagkonzept: toepferschumann, Berlin

Verlag: tredition GmbH, Hamburg
ISBN: 978-3-8424-1321-4
Printed in Germany

Text der Originalausgabe

Gabriele d'Annunzio

Heißes Blut

Fünf Novellen

Mit Illustrationen von Fritz Bergen

Gabriele d'Annunzio.

Heißes Blut.

Fünf Novellen.

—

Deutsch

von

Fritz Brandé und Th. Gewert.

Mit Illustrationen von Fritz Bergen.

Zweite Auflage.

Stuttgart.
Franckh'sche Verlagshandlung
W. Keller & Co.

San Pantaleone.

I.

Wie mit staubfeiner Lava bedeckt, flimmerte die sandige Piazza.

Die weißgetünchten Häuser umher glänzten eigentümlich metallisch und glühten wie die Wände eines erlöschenden Ofens. Die Steinpilaster der Kirche waren vom Widerschein der irisierenden Wölkchen rotgefärbt. Die Verglasungen funkelten, als ob es im Innern lichterloh brenne. Die Bildnisse und Ornamente schienen belebt, voller Kolorit und Bewegung. Mächtig und übergroß in der seltsamen, phänomenalen Abendbeleuchtung, beherrschte das große Gebäude die Häuser der Radusaner.

Gruppen von gestikulierenden und schreienden Männern und Frauen durcheilten die nach der Piazza führenden Straßen. Alle erfüllte eine abergläubische, wachsende, bis ins Ungeheure sich steigernde Angst vor dieser nie gesehenen Himmelsfärbung, und in tausend Schreckbildern von Strafen des Himmels erging sich die Phantasie dieser Menschen, die von keiner höheren Kultur berührt waren. Geschwätz, hartnäckiges Streiten, Klagen, Verwünschungen, Gebete, Geschrei mischten sich wild durcheinander und glichen dem Grollen des Donners, ehe das Gewitter losbricht.

Seit mehreren Tagen schon überzog nach Sonnenuntergang diese blutige Röte das Firmament, beleuchtete gespenstisch die träumende Ferne, drang in die Stille der Nacht und erregte das Gebell der Hunde.

Am Eingang der Kirche, um einen Pilaster gedrängt, stand eine Gruppe und unterhielt sich mit gedämpfter Stimme. Dann winkten einige und riefen: Giacobbe! Giacobbe!

Ein Mensch, lang, hager, wie von hektischem Fieber verzehrt, erschien unter der Hauptthüre der Kirche und trat zu den Rufenden. Sein Schädel war kahl; nur Schläfe und Nacken waren von brandroten Haaren umsäumt, die in langen Strähnen herabhingen. Die kleinen, tiefliegenden Augen waren ein wenig schief gegen die Nasenwurzel gestellt und hatten keine bestimmte Farbe, aber ein unheimliches, leidenschaftliches Feuer flackerte darin. Das Fehlen zweier

Vorderzähne des Oberkiefers und eine eigentümliche Bewegung des mit spärlichem Bart bedeckten Kinnes gaben ihm beim Sprechen einen Zug faunartiger Greisenhaftigkeit. Der ganze übrige Körper bestand aus einem kläglichen Gerüst schlotternder Knochen. Zur Erinnerung an heilige Orte, an empfangene Gnaden, an vollführte Gelübde hatte er sich mit Nadel und Indigo bläuliche Figuren in den Körper geritzt, welche die Hände, Knöchel, die oberen Arme und sogar die Brust bedeckten.

Als der Fanatiker sich der Gruppe an der Säule näherte, lichteten die von Angst bethörten Menschen eine Flut von Fragen an ihn: – Nun? Was hat Don Consolo gesagt? Lassen sie nur den silbernen Arm heraustragen? Wäre es nicht besser die ganze Figur? Wann wird Pallura mit den Kerzen zurückkommen? Werden es hundert Pfund Wachs sein? Nur hundert Pfund? Und wann werden die Glocken zu läuten anfangen? – Nun sag', wie wird's?

Der Lärm um Giacobbe wuchs; die ferner Stehenden drängten nach der Kirche. Aus allen Straßen kam das Volk herbei und füllte die Piazza.

Und Giacobbe antwortete den Fragenden mit gedämpfter Stimme, als ob es sich um schreckliche Geheimnisse, um alte Prophezeiungen handle:

Hoch droben hatte er eine drohende, im Blute schwimmende Hand gesehen und dann einen schwarzen Schleier, ein Schwert, eine Tromba ...

Erzähle! Erzähle! riefen die Nächsten voll scheuer Neugier und Spannung, etwas Ungewöhnliches zu vernehmen.

Unterdessen verbreitete sich die Fabel mit Windeseile unter der versammelten Menge.

II.

Der zinnoberrote Streifen am Horizonte stieg langsam höher und breitete sich über das ganze Himmelsgewölbe aus. Flüssiges Metall schien über den Dächern der Häuser zu wogen, und in den allmählich erlöschenden Dämmerschein mischten sich gelbliche und violette Töne. Ein langer, hellaufleuchtender Lichtstreif huschte über die auf den Flußdamm mündende Straße, verlor sich zwischen den hochstrebenden Stämmen der Pappeln und verschwand in den glitzernden Spiegeln der Fluten. Dahinter lag ein Streifen dürrer Ebene, und die alten Sarazenentürme erhoben sich wie Steininseln in unbestimmten Konturen aus dem dichten Nebel. Die Luft war gewürzt mit dem Dufte frisch geschnittenen Heues, zuweilen so süß, wie er den am Rebstock dörrenden Trauben entströmt. Schwärme zwitschernder Schwalben durchmaßen pfeilschnell und unaufhörlich den Raum zwischen dem Uferrand und den Dächern der Häuser.

Plötzlich unterbrach erwartungsvolle Stille das Tosen der Menge. Der Name Pallura ging von Mund zu Mund. Hier und da schallten ungeduldige Verwünschungen durch die Luft.

Längs der Flußstraße war von dem Karren noch nichts zu sehen. Die Kerzen fehlten noch. Deshalb allein zögerte Don Consolo, die Reliquie auszustellen und den Exorcismus zu beginnen. Die Gefahr war also noch nicht vorüber.

Der Schrecken durchlief die wie eine Schafherde zusammengedrängten Menschen, die nicht wagten, ihre Blicke zum Himmel zu erheben. Aus der Brust der Weiber rangen sich Seufzer los, und unter dem beängstigenden Drucke dieser Klagelaute ergriff die Masse eine unbeschreibliche Bestürzung.

Endlich begannen die Glocken zu läuten. Das Gestühl befand sich in mäßiger Höhe, und der dröhnende Klang des Anschlags gellte der Menge in den Ohren. Zwischen den einzelnen Schlägen surrte und summte es durch die Lüfte.

»San Pantaleone! San Pantaleone!«

Zu einem einzigen flehenden Aufschrei vereinten sich die Stimmen der Verzweifelten. Alle lagen auf den Knieen und beteten mit gefalteten Händen.

Zwischen zwei geschwungenen Weihrauchfässern trat Don Consolo aus der Pforte der Kirche, angethan mit violettem, goldgesticktem Meßgewande. Er hielt den heiligen silbernen Arm hoch erhoben und rief, die Lüfte beschwörend:

Ut fidelibus tuis aëris serenitatem concedere digneris. Te rogamus, audi nos!

In der Menge rief das Erscheinen der Reliquie einen Taumel der Verzückung hervor. Alle Augen füllten sich mit Thränen, und die feuchten, verschleierten Blicke sahen einen überirdischen Glanz aus den zum Segnen erhobenen Fingern hervorstrahlen. Die Gestalt des Armes schien in der Höhe übergroß, die kostbaren Juwelen funkelten in prächtigen Reflexen. Der Weihrauchduft nahm die Sinne der Andächtigen gefangen:

Te rogamus, audi nos!

Als der Arm niedersank und die Glocken verstummten, hörte man von der Flußstraße her Geklingel näher kommen. Da entstand eine Bewegung nach jener Seite hin, und einige riefen:

Pallura ist es mit den Kerzen! Pallura kommt! Da – Pallura!

Von einer grauen, schweren Stute gezogen, auf deren Hals das messingbeschlagene Kummet glänzte, bewegte sich der Karren knirschend über den Kies.

Als Giacobbe und die andern ihm entgegengingen, blieb das Tier stehen und schnob kräftig durch die Nüstern.

Giacobbe, der zuerst beim Wagen anlangte, sah sofort den blutbedeckten Körper Palluras, der auf dem Boden des Karrens hingestreckt lag; entsetzt hob er die Arme und rief den andern zu:

Er ist tot! Er ist tot!

III.

Wie der Blitz verbreitete sich die traurige Nachricht. Alles drängte sich um den Karren und reckte den Hals, um etwas sehen zu können, und man dachte nicht mehr an das Drohen von oben. Alle trieb jene unwiderstehliche Neugierde heran, welche die Menschen beim Anblick von Blut ergreift.

Ist er tot? Was, er ist wirklich tot?

Pallura lag mit einer tiefen Stirnwunde, mit zerfetztem Ohr, die Kleider an den Armen, den Seiten und an den Schenkeln zerrissen, rücklings auf den Brettern. Ein warmer Blutstrom lief über die Augen, über das Kinn und den Hals herunter, färbte das Hemd und bildete auf der Brust, dem ledernen Gürtel und den kurzen Hosen schwärzliches Gerinsel.

Giacobbe stand über den Körper gebeugt, die anderen umringten ihn erwartungsvoll. Das anbrechende Morgenrot beschien die verstörten Gesichter, während in der lautlosen Stille vom Ufer des Flusses das Gequak der Frösche herüberklang und die Fledermäuse dicht über den Köpfen hin und her strichen.

Giacobbe, der sich so dicht auf den Daliegenden gebeugt hatte, daß seine Wange mit Blut gefärbt war, richtete sich auf und rief: Noch ist er nicht tot. Er atmet noch!

Ein dumpfes Gemurmel lief durch die Umstehenden, sie drängten sich näher heran. Die Entfernteren wurden unruhig und riefen durcheinander. Zwei Frauen brachten Wasser in einem Gefäß herbei, eine andere reichte Leinwand hinauf; ein junger Bursche hielt seine weingefüllte Kürbisflasche hin.

Man wusch das Gesicht des Verwundeten; das aus der klaffenden Stirnwunde hervorquellende Blut wurde gestillt, der Kopf aufgerichtet.

Es wurde lauter und lauter, man wollte wissen, wie es sich zugetragen habe. Die hundert Pfund Wachs waren nicht da; in den Spalten zwischen den Brettern des Karrenbodens fanden sich nur noch wenige Bruchstücke.

Man tauschte Vermutungen aus, und es wurde erregt und heftig hin und her gestritten. Der alte Haß gegen die Gemeinde auf dem anderen Ufer des Flusses, gegen Mascalico, begann wieder in ihnen zu gären.

Giacobbes Stimme klang rauh, als er giftig hervorstieß:

Sollten die Kerzen etwa San Gonzelvo dargebracht sein?

Das wirkte wie eine Brandfackel. Auf einen Schlag wurde der kirchliche Fanatismus in diesem Volke lebendig, das seit Jahrzehnten in stumpfer Gewohnheit dem blinden und rohen Kultus seines einzigen Idols huldigte. Die Worte des Fanatikers pflanzten sich von Mund zu Mund fort. In dem düstern Dämmerscheine glich die tumultuierende Menge einer Bande rebellischer Zigeuner.

Wie ein Kriegsruf erscholl aus allen Kehlen der Name des Heiligen. Sie fuchtelten mit den Armen in der Luft, und die Heißblütigsten schüttelten drohend die Fäuste nach dem Flusse zu und stießen Verwünschungen aus. Dann wieder brach das Mitleid durch, und die vom Zorn und von der ungewöhnlichen Beleuchtung geröteten Gesichter, denen die goldenen Ringe in den Ohren und das wirre Stirnhaar einen fürchterlichen, barbarischen Ausdruck gaben, wandten sich liebevoll dem Dahingestreckten zu.

Die Weiber umgaben gerührt und hilfsbereit den Karren und mühten sich, den mit dem Tode Ringenden ins Leben zurückzurufen. Fürsorgliche und liebreiche Hände wechselten die Leinwand auf den Wunden, besprengten das Gesicht mit Wasser, flößten den bleichen Lippen Wein ein und schoben weiche Polster unter den Kopf.

Pallura, armer Pallura, antworte doch!

Er lag zurückgelehnt mit geschlossenem Munde, die Augen halb geöffnet; um Kinn und Kehle kräuselte sich der sprossende, braune Bart. Die sonst sanften Züge voll jugendlicher Anmut waren von Schmerz entstellt. Von der Stirne, dicht unter dem Haaransatze zog sich ein blutiger Streifen bis zu den Schläfen. In den Mundwinkeln standen kleine Flocken rötlichen Schaumes. Aus der Kehle kamen gebrochene, schwache, gurgelnde Laute.

Immer besorgter und dringender wurden die Fragen, immer ängstlicher die Blicke der Umstehenden.

Indessen schüttelte die Stute den gebogenen Hals und wieherte gegen die Häuser zu.

Drückend wie bei einem bevorstehenden Sturme lag es über der ganzen Menge.

Von der Piazza her ertönte lautschallend durch die eingetretene Stille das herzzerreißende Jammern einer weiblichen Stimme, die Klage der Mutter. Eine dicke Frau, die im Fette zu ersticken drohte, drängte sich durch die Menge und erreichte mit einem Aufschrei den Karren. Mit ihrem schwerfälligen Körper versuchte sie vergeblich, auf den Karren hinaufzusteigen. Schluchzend warf sie sich zu den Füßen des Sohnes nieder. Unter herzzerreißenden Klagetönen liebkoste sie ihn. Bei all ihrem Jammer und Schmerz war ihr Gebaren so komisch, daß die Umstehenden verlegen zur Seite sahen, um ein Lächeln zu verbergen. Zaccheo! Zaccheo! – Mein Herz, mein Liebling! rief die Witwe unaufhörlich, küßte dem Sohne die Füße und suchte ihn zu sich heranzuziehen.

Der Verwundete bewegte sich und öffnete krampfhaft den Mund. In seinen nach oben gerichteten Augen sah man das Weiße, aber er selbst konnte nichts erkennen, seinen Blick verschleierte eine klebrige Feuchtigkeit. Dicke Thränen rannen aus den Augenwinkeln über die Wangen und den Hals herab; der Mund blieb verzerrt, gurgelnde Laute, mit einem rasselnden Geräusche vermischt, kamen aus der Kehle. Um ihn her schwirrte es unaufhörlich:

Sprich, Pallura, wer hat dich verwundet? Wer hat es gethan? Rede, rede!

Fragen und Verwünschungen wechselten ab, die Wut nahm zu, das dumpfe Gären der Rache drängte zum Ausbruche, und in allen Gemütern kochte der ererbte Haß gegen den alten Gegner.

Sprich, wer hat es gethan! Sag es uns! Sag es!

Da öffneten sich die Augen des Verwundeten völlig; die Besinnung kam ihm wieder, vielleicht geweckt durch die wärmende Berührung und den Händedruck aller derer, die sich um ihn bemühten.

Der Blick belebte sich, auf die Lippen trat ein unbestimmtes Lallen, der Schaum in den Mundwinkeln wurde reichlicher und färbte sich tiefer. Noch konnte man kein Wort verstehen. Durch die eingetretene Stille hörte man das schwere Keuchen der Menge, in aller Augen flammte es. Alle erwarteten nur ein einziges Wort.

Ma ... Ma ... Ma ... scalico ..

Mascalico! Mascalico! schrie Giacobbe, der sich über ihn gebeugt hatte und ihm das Wort von den Lippen las.

Erst ging es durch die Menge wie der Sturm durch die tosende Brandung. Als aber eine schneidende Stimme zur Rache aufrief, brach die Wut los. Ein einziger Gedanke zuckte wie der Blitz durch die zügellose Menge: Waffen ergreifen und morden!

Mitten in der schreckensvollen Dämmerung und der Gewitterschwüle, die über der Campagna brütete, hatte alle ein blutdürstiger Fanatismus gepackt.

VI.

Die Rotte bewaffnete sich mit Sicheln, Hacken, Beilen, Schaufeln, Flinten und sammelte sich vor der Kirche auf der Piazza. Alles schrie: San Pantaleone!

Von dem Lärm erschreckt, war Don Consolo in einen Winkel hinter den Altar geflüchtet. Von Giacobbe geführt, stürzte eine Handvoll Männer in die Hauptkapelle, erbrach das bronzene Gitter und drang in den unterirdischen Raum, wo das Bildnis des Heiligen aufbewahrt wurde. Drei von Olivenöl gespeiste Lampen brannten ruhig in der feuchten Luft des Sacrariums. Hinter der Kristallscheibe glitzerte das christliche Götzenbild mit dem blanken Kopfe, den ein metallener Heiligenschein umgab. Die schweren Vorhänge des Heiligenschreines verschwanden fast unter der Masse der geweihten Geschenke.

Als das Idol auf den Schultern von vier herkulisch gebauten Gestalten sich endlich zwischen den Pilastern des Eingangs zeigte und in dem Frührotlichte erstrahlte, durchlief ein langes leidenschaftliches Zittern die erwartungsvolle Menge. Ein freudeerfüllter Ausdruck glättete wie Windessäuseln alle Stirnen.

Die Schar setzte sich in Bewegung, und über ihr, mit den leeren Augenhöhlen vor sich hinstarrend, schwankte der Kopf des Heiligen hin und her.

Flüchtig glitten hier und dort Sternschnuppen im Bogen über das Himmelsgewölbe; zarte Wölkchen lösten sich vom Rande des zusammengeballten Gewölks und schwebten in leichter Auflösung vorüber. Die Häuser von Radusa lagen im Hintergrunde wie ein Berg von Asche über verglimmendem Feuer, die Ebene lag da in unbestimmtem Schimmer. Das laute Quaken unzähliger Frösche erfüllte die eintönige Stille.

Der Karren Palluras stand immer noch auf der nach dem Flusse führenden Straße. Er war nun leer, doch sah man hier und da noch Blutspuren. Durch die Stille schallten Zornrufe und Verwünschungen.

Giacobbe rief: Kommt, hebt den Heiligen hinauf!

Das Bildnis wurde auf die Bretter gesetzt und mit vereinten Kräften durch die Furt gezogen. So überschritt die kampfeslustige Prozession die Grenze. Durch die Reihen lief das Blitzen der Waffen. In der Ferne, den viereckigen Türmen zu flammte durch die Pappeln in rotem Scheine der sich dahinwälzende Strom.

Das bedrohte Mascalico lag schlafend, umgeben von Olivenhainen auf einer kleinen Anhöhe. Nachdem die Furt durchschritten, verließ die vorwärts hastende Schar die gewöhnliche Straße und drang in gerader Linie quer durch die Felder vor. Die silberne Figur wurde von neuem auf die Schultern gehoben und ragte weit über die Köpfe der Männer. So schwankte sie über dem hohen, duftenden Getreide hin, während zahllose Glühwürmchen von allen Seiten sie umschwärmten.

Ein Hirte, der neben seiner Strohhütte auf dem Felde stand, schrak auf und floh beim Anblick so vieler Bewaffneter entsetzt davon, aus vollem Halse um Hilfe schreiend. Sein Ruf wiederhallte in den Olivenhainen.

Jetzt gingen die Radusaner zum Angriffe vor. Wenn die Träger über die Wurzeln stolperten oder die herabgebrochenen Aeste zertraten, tönte das silberne Bildnis mit vibrierendem Klange in das Gequak der Frösche. Und als die Angreifer die Anhöhe erstiegen, leuchtete es blitzend voran.

Zehn, zwölf, zwanzig Schüsse krachten gegen die Masse der Dächer. Man hörte das Aufschlagen der Geschosse, dann Schreie und lärmendes Hin- und Herrennen. Thüren wurden aufgerissen und zugeworfen; Fensterscheiben zerbrachen klirrend; Blumenstöcke fielen auf die Straße und zerschellten. Weiße Rauchwölkchen zogen über den Vorwärtsstürmenden hin und lösten sich allmählich in bläulichen Dunst auf, bis sie sich in der Höhe verloren.

Von bestialischer Wut gepackt, schrieen die Verblendeten: Mord! Mord!

San Pantaleone war von einer Schar Fanatiker umringt. Das Geklirr geschwungener Sicheln und Aexte vermengte sich mit wilden Verwünschungen gegen San Gonzelvo.

Räuber! Diebe! Bettelpack! Die Kerzen! Die Kerzen!

Andere bearbeiteten die Thüren mit Beilhieben, und wie die Pforten splitternd und krachend fielen, stürzten sich die Angreifer mit Wutgeheul und Mordgier in das Innere. Halbbekleidete Weiber flohen, um Erbarmen flehend, in die Ecken, wehrten mit den Händen die Schläge ab und zerschnitten sich dabei die Finger; sie warfen sich zu Boden und suchten sich zwischen den umhergeworfenen Betten und Leintüchern zu verkriechen.

Giacobbe, lang, beweglich und brandfarbig wie ein Känguruh, war der Führer der Bande; von Zeit zu Zeit blieb er stehen, um Befehle auszuteilen; über seinem unbedeckten Kopfe schwang er eine riesige Getreidesichel, so schritt er unerschrocken im Namen San Pantaleones voran. Mehr als 30 Mann folgten ihm. Alle erfüllte das schreckliche und grauenhafte Gefühl, als gingen sie mitten durch brennendes Feuer, unter sich den bebenden Erdboden, über sich ein glühendes Gewölbe, das jeden Augenblick einzustürzen droht.

Bald aber eilten von allen Seiten die Verteidiger herbei. Die Mascalicesen, stark und dunkelgefärbt wie Mulatten, kämpften mit ihren langen Schlagmessern und richteten mit heiserem Geschrei die Stöße auf Hals und Leib.

Das Kampfgewühl zog sich allmählich zur Kirche hin. Aus zwei, drei Häusern züngelten unter dem Dache die Flammen hervor. Eine Herde Frauen und Kinder flüchtete sich, vom Schrecken erfaßt, blindlings den Abhang hinab und verschwand zwischen den Oliven. Nicht mehr durch das Wimmern und Klagen der Weiber behindert, entspann sich der Kampf der Männer Brust an Brust um so heftiger.

Unter dem brandgeröteten Himmel bedeckte sich der Boden mit Getöteten. Die Getroffenen stießen gräßliches Geschrei und Verwünschungen hervor, und unaufhörlich ertönte der Ruf der Radusaner:

Die Kerzen! Die Kerzen!

Die schwere, eichene, mit eisernen Nägeln beschlagene Thür der Kirche widerstand den Andrängern. Die Mascalicesen verteidigten sie gegen die Beilhiebe und Stöße. In dem wogenden Streite schwankte fühllos der silberne, blinkende Heilige, noch getragen von den kräftigen Gestalten, die, vom Kopf bis zu den Füßen mit Blut bedeckt, nicht wichen und nicht wankten; war es doch ihr heißes Gelübde, das Idol auf den Altar der Feinde zu heben.

Während die Mascalicesen, wie Löwen fechtend, sich auf den Stufen der Kirche verteidigten, verschwand Giacobbe plötzlich, wandte sich der Seite des Bauwerks zu und spähte nach einem Eingang aus, um in das Innere des Heiligtums einzudringen.

In mäßiger Höhe fand er eine unverwahrte Oeffnung, schwang sich, an den Vorsprüngen Halt suchend, hinauf und preßte seinen langen Körper durch das enge Gitter. Der weite stille Raum des Gotteshauses war erfüllt mit süßduftendem Weihrauchgeruch. Und Giacobbe tastete sich nun im Dunkel mit vorgestreckten Händen weiter durch die umstürzenden Sessel hin; er achtete nicht darauf, daß er sich Kopf und Hände zerstieß; endlich erreichte er sein Ziel. Von außen krachten die Beilhiebe der Radusaner gegen die harten, eichenen Bohlen, während Giacobbe mit einem Eisen das Schloß zu erbrechen suchte. Er keuchte schwer und kämpfte gegen eine Beklemmung, die ihn zu erdrücken drohte und seine Kräfte lähmte; sein Blick war stier, er fühlte sich ermattet von den empfangenen Wunden, und das heiße Blut hämmerte ihm in den Schläfen.

San Pantaleone! San Pantaleone! schrieen draußen mit heiserer Stimme die Seinigen, als sie merkten, daß die Thür nachgab. Und mit vermehrter Kraft führten sie Hammer und Beil. Durch die Bohlen drang der dumpfe Aufschlag der niederstürzenden Körper und der harte Stoß des Messers, das sich einem zwischen die Rippen bohrte.

Dieses ärmliche, wutbethörte Volk war von einem Wahn beherrscht, ähnlich der Verzückung eines Helden, der ein Retter des Vaterlandes ist.

V.

Noch eine letzte Anstrengung, und die Pforte gab nach. Mit wildem Siegesgeheul stürzten sich die Radusaner in das Innere. Ueber die Leiber der Gefallenen zogen sie den Heiligen nach dem Altar hin.

In das Dunkel des Gewölbes brachen plötzlich helle Lichtstrahlen, und die goldenen Kandelaber und die Orgelpfeifen in der Höhe glänzten darin auf. In dieser düstern Erhellung, die von den nächsten brennenden Häusern herrühren mochte, entspann sich ein zweiter Kampf. Die sich umschlungen haltenden, zusammengepreßten Körper wanden sich auf den Steinfliesen, ließen nicht ab von der fürchterlichen Umarmung, rollten hierhin und dorthin in rasender Wut, zerfleischten sich gegenseitig mit den Messern und verendeten unter den Bänken, auf den Stufen, in der Kapelle oder stürzten an den Beichtstühlen zusammen. In der widerhallenden Wölbung des Gotteshauses hörte man auf das deutlichste den Klang des Stahles, wenn er die Weichteile durchdrang und an den Knochen abglitt, den letzten gebrochenen Seufzer eines tödlich Getroffenen, das Brechen eines vom Beilhieb getroffenen Schädels, das Gebrüll eines, der nicht sterben will, den schrecklichen Ausbruch der Freude des andern, dem der tödliche Streich gelang: alles hörte man mit erschreckender Deutlichkeit. Und über dem Handgemenge schwamm ein leichter Rauch und der scharfe Brandgeruch.

Der Ruhm, ihr silbernes Idol auf den Altar der Feinde erhoben zu sehen, ward den Angreifern nicht zu teil. Eine Rotte der Feinde hielt die Stufen besetzt. Giacobbe, aus mehreren Wunden blutend, hieb wild mit der Sichel um sich, ohne auch nur einen Zoll breit zurückzuweichen. Es waren nur noch zwei, die den Heiligen aufrecht hielten. Der enorme, blanke Kopf wackelte und taumelte wie eine betrunkene, groteske Maske. Die Mascalicesen rasten.

Endlich fiel Pantaleone mit schrillem Klang auf den Estrich nieder. Als Giacobbe hervorsprang, um ihn aufzuheben, streckte ein großer Teufel von Mensch ihn mit einem Axthiebe zu Boden. Zweimal erhob er sich, zwei neue Schläge trafen ihn; das Blut lief ihm in Strömen über Gesicht, Brust und Hände herab, und doch sprang er wieder auf. Drei, vier, fünf Viehhirten zugleich gaben ihm den Rest, so daß die Gedärme heraustraten.

Der Fanatiker brach zusammen, fiel mit dem Nacken auf die silberne Figur, schnellte auf, zuckte zusammen, stürzte mit vorgestreckten Armen in die Kniee und schlug mit dem Gesichte auf das Metall.

San Pantaleone war verloren.

Der Held.

Die großen Kirchenfahnen San Gonzelvos wurden auf die Piazza hinabgetragen und bewegten sich langsam und schwerfällig im Winde. Kräftige, stiernackige Gestalten mit bronzefarbenen Gesichtern hielten sie spielend in den Fäusten.

Die Bevölkerung von Mascalico feierte nach dem Siege über die Radusaner mit großem Gepränge das Septemberfest. Eine tiefe, religiöse Inbrunst erfüllte alle Gemüter. Die ganze Gemeinde brachte ihrem Schutzheiligen die Opfer des reichen Erntesegens dar. Auf den Straßen hatten die Frauen an allen Fenstern bunte Teppiche angebracht. Von den Männern waren die Thüren mit frischem Grün bekränzt und die Schwellen mit Blumen bestreut. Bei jedem Windstoß flutete es wie eine große, blendende Welle durch die Straßen, und das Volk berauschte sich am Anblick dieser Pracht.

Die Prozession war im Begriff, sich in Bewegung zu setzen, sie erstreckte sich in langer Reihe von der Kirche über die Piazza. Vorn, am Altar – dort, wo San Pantaleone in den Staub gesunken war –, erwarteten acht kräftige Männer den Augenblick, um San Gonzelvo auf ihre Schultern zu heben; es waren Giovanni Curo, l'Ummalidò, Mattalá, Vinzencio Guanno, Rocco di Céuzo, Benedetto Galante und Giovanni Senzapaura. Stolz auf das Ehrenamt, das ihnen zu teil geworden war, standen sie da und schauten stumm und verlegen vor sich hin. Sie strotzten von Kraft, in ihren Augen funkelte reine Begeisterung; in den Ohren trugen sie wie die Frauen große, goldene Reife. Dann und wann befühlten sie prüfend ihre Armmuskeln und Handgelenke, als ob sie deren Stärke messen wollten; dabei lächelten sie sich flüchtig zu.

Die mächtige, mit einer schwärzlichen Patina bedeckte Bronzestatue des Schutzheiligen mit dem silbernen Kopfe und den silbernen Armen war, obwohl innen hohl, außerordentlich schwer.

Mattalá sagte: Vorwärts!

Schaulustig drängte das herumstehende Volk heran. Die Glasfenster der Kirche klapperten bei jedem Windstoß. Weihrauch und Benzoeduft erfüllten das weite Schiff der Kirche. Ab und zu hörte man den Klang der Instrumente. Eine Art blinder Aufregung erfaßte diese acht Männer inmitten des verwirrenden Getriebes. Fertig standen sie da:

Mattalá zählte: Eins! ... Zwei! ... Drei! ...

Gleichzeitig und mit aller Kraft setzten die Männer ein, um die Statue vom Altar zu heben. Aber das Gewicht war zu gewaltig. Die Statue schwankte nach links. Sie hatten noch nicht fest genug zugreifen können und bogen sich keuchend bei der Anstrengung. Biagio di Clisci und Giovanni Curo, die weniger gewandt waren, ließen los. Die Statue neigte sich plötzlich auf die Seite. L'Ummalidò« stieß einen Schrei aus:

Obacht! Obacht! ertönte es von allen Seiten, als man der gefährlichen Lage des Heiligen gewahr wurde. Von der Piazza her kam ein betäubendes Getöse, das die Rufe übertönte.

L'Ummalidò war zusammengesunken, seine rechte Hand steckte fest unter der bronzenen Masse. So auf den Knieen liegend, hielt er die Blicke auf die Hand gerichtet; in den weit geöffneten Augen malten sich Schmerz und Schrecken, einige Tropfen Blut sickerten am Altar herab, aber er schrie nicht.

Die Kameraden griffen alle zu gleicher Zeit zu, um die Last zu heben. Das war keine leichte Arbeit. L'Ummalidò verzerrte vor Schmerz den Mund. Die Frauen ergriff es mit Schaudern.

Endlich gelang es, die Statue hochzubringen, und l'Ummalidò zog die zerquetschte, blutende Hand, eine unförmige Masse, hervor.

Geh nach Hause, Du! Geh nach Hause! riefen die Leute und drängten ihn nach der Kirchenthür. Ein Weib riß ihre Schürze los und gab sie ihm, damit er sich verbinden könne. Er sprach nichts; er sah auf die Gruppe der Männer, die sich an der Statue zu schaffen machten und miteinander stritten.

Faß Du an!

Nein, laß nur!

Nein, laß mich!

Cieco Pomo, Mattia Scarafolo und Tommaso di Clisci wetteiferten, wer den achten Platz an l'Ummalidòs Stelle einnehmen sollte.

Dieser drängte sich an die Streitenden heran, preßte die zerquetschte Hand dicht an die Seite und brach sich mit der anderen Bahn.

Ganz ruhig sagte er:

Der Platz gehört mir!

Dann stemmte er die linke Schulter ein und brachte den Schutzheiligen ins Gleichgewicht.

Mit übermenschlicher Willenskraft erstickte er, die Zähne zusammenbeißend, den Schmerz.

Mattalá fragte ihn:

Was willst Du thun?

Was der heilige Gonzelvo will, antwortete l'Ummalidò und setzte sich mit den andern in Bewegung.

Erstaunt sahen ihn die Leute vorübergehen. Ab und zu fragte ihn einer, der die blutende, schwarzunterlaufene Hand sah:

L'Umma, was hast Du?

Er antwortete nicht. Ernst schritt er nach dem Takte der Musik, mit etwas vorgeschobenem Kinn, behindert durch die vom Winde sich bauschenden, schweren Gewänder weiter durch das immer dichter werdende Gedränge.

Plötzlich sank er an einer Straßenbiegung zusammen. Einen Augenblick stockte der Zug, und der Heilige geriet ins Wanken. Gleich aber setzte der Zug sich wieder in Bewegung. Mattia Scarafolo hatte den leeren Platz eingenommen.

Zwei Verwandte hoben den Ohnmächtigen auf und trugen ihn in das nächste Haus.

Anna di Céuzo, ein altes, in der Wundbehandlung erfahrenes Weib, sah das verstümmelte, blutige Glied an, schüttelte den Kopf und sagte:

Da ist wenig zu machen!

Mit ihrer Kunst konnte sie nichts ausrichten. L'Ummalidò war wieder zur Besinnung gekommen, aber er öffnete den Mund nicht.

Er hatte sich halb aufgerichtet und betrachtete ruhig die Wunde. Mit zerschmetterten Knochen hing die unrettbar verlorene Hand herab.

Zwei, drei alte Bauern traten herzu, um sie zu besehen.

Mit Wort und Blick gab jeder den gleichen Gedanken zu verstehen.

L'Ummalidò fragte:

Wer trägt den Heiligen?

Sie antworteten ihm:

Mattia Scarafolo.

Er fragte weiter:

Und was habt Ihr jetzt vor?

Sie antworteten:

Zur Vesper woll'n wir!

Die Bauern grüßten und gingen in die Vesper. Von der Hauptkirche her erklang das Geläute. Einer der Verwandten stellte einen Eimer mit kaltem Wasser neben den Verletzten und sagte:

Von Zeit zu Zeit steckst Du die Hand da hinein. Wir kommen wieder; jetzt gehn wir in die Vesper.

L'Ummalidò blieb allein. Die Glocken schwangen rascher und tönten voller. Das Tageslicht nahm ab; gegen das niedere Fenster raschelten die Zweige einer Olive, vom Winde bewegt.

L'Ummalidò bückte sich und tauchte die Hand in das Wasser. Als das Blut und das Gerinsel abgespült war, zeigte sich die klaffende Wunde in ihrem ganzen Umfange.

L'Ummalidò dachte: Ist alles umsonst, sie ist hin. – Heiliger Gonzelvo, Dir bringe ich sie dar. –

Er nahm ein Messer und ging hinaus. Die Straßen waren verlassen. – All die Andächtigen waren in der Kirche. Lila Wolken zogen wie Tiergebilde über die Häuser in dem Septembersonnenuntergang dahin.

In der Kirche betete die Menge. Die monotone Litanei ertönte abwechselnd mit den Klängen der Musik wie ein Chorgesang.

Von den Körpern der zusammengedrängten Menge und den brennenden Wachslichtern ging eine drückende Hitze aus.

Das silberne Haupt San Gonzelvos blinkte in der Höhe, wie das Licht eines Leuchtturms.

L'Ummalidò trat ein und schritt zum Erstaunen der Menge bis zum Altar.

In der Linken hielt er das Messer und sagte mit fester Stimme:

Heiliger Gonzelvo, Dir bringe ich sie dar! Er trennte ruhig die verstümmelte Hand mit festem Schnitt vom Gelenke ab; das Volk wich bestürzt zurück, die formlose, blutüberströmte Hand fiel zu Füßen des Schutzheiligen in das mit Kupfermünzen gefüllte Opferbecken.

L'Ummalidò hob den blutigen Stumpf empor und wiederholte mit fester Stimme:

Heiliger Gonzelvo, Dir bringe ich sie dar!

Sancho Panzas Tod.

Als Donna Letizia, den Kranken mit rührender Besorgnis in ihren vollen, runden Armen tragend, eintrat, liefen alle Mädchen herbei und machten ihren mitleidvollen Herzen in Seufzern und Klagen Luft. Zu den offenen Fenstern drang der verworrene Lärm des Straßengetriebes herein und mischte sich mit den weiblichen Stimmen. Die Klagelaute der Mädchen wurden ab und zu von den Anpreisungen eines Marktschreiers, der Angelikawasser und Wunderpillen feilbot, unterbrochen.

Den Hund auf den Armen der Signora durchlief ein schwaches Zittern, das über den ganzen Rücken bis zur äußersten Schwanzspitze ging. Er versuchte die Lider zu öffnen und die großen Augen voller Dankbarkeit nach den Liebkosenden zu drehen und den Hals, der schon ganz steif war, zu bewegen. Die Schnauze war halb geöffnet; die Zunge hing heraus und lag wie ein rötliches, bläulich geädertes Blatt auf den beiden vorspringenden Schneidezähnen des Unterkiefers. Eine schleimige Masse feuchtete das Kinn, jenen kleinen Teil der unteren Kinnlade, wo die rosige Haut durch das spärliche Haar des Felles sichtbar wird. Der Atem wurde immer mühsamer und ging in ein rauhes Pfeifen über, während die Nase immer trockner und runzlich wie die Oberfläche einer Trüffel wurde.

O Sanzio, armer Sanzio, was haben sie dir gethan! Armes Bibi, je! Mein armes Alterchen! ...

Das Jammern der empfindsamen Mädchen wurde immer zärtlicher und ging in wortlose Klagetöne und Schmeichellaute über. Alle wollten ihm den Kopf streicheln, eine seiner Pfoten anfassen oder die Nase berühren. Donna Letizia wiegte mütterlich die süße Last, und ihre dicken, weißen Finger, deren Glieder etwas krankhaft geschwollen schienen, gruben sich in das Fell und strichen zärtlich über Sanzios Bäuchlein hin.

Durch die grünlichen Fenstervorhänge drang die Nachmittagssonne und die Meeresfrische in das Zimmer. Acht Farbendruckbilder in dunkeln Rahmen schmückten die gelben Tapeten der Wände, die Blumenmuster trugen. Auf einer Konsole im Stile des achtzehnten Jahrhunderts mit rötlicher Marmorplatte und Messingbeschlä-

gen stand auf silbernem Fuße zwischen zwei Spiegeln eine Jardinie-
re mit Wachsblumen unter einer Glasglocke. Am Kamin glänzten
zwei vergoldete Leuchter mit unbenutzten Kerzen. Ein Affe in mau-
rischem Kostüm, ein Automat aus Papiermaché, träumte beschau-
lich auf einem jener kleinen, eingelegten Tische, die von Sorrent
kommen. Eine Anzahl Sessel, deren Lehnen mit Schäferidyllen ge-
schmückt waren, ein Sofa in Empire, zwei moderne Fauteuils machten sich den Rang streitig in diesem bunten Durcheinander von
unverträglichen Farben und Formen.

Als der Kranke auf den Sitz eines Fauteuils gebettet war, wurde
es im Zimmer still. Sanzio erhob sich zitternd auf die Füße, drehte
sich einige Male um sich selbst, um in der Ruhelosigkeit seines leidenden Zustandes eine bequeme Lage zu finden, versuchte den
Kopf auf eine seiner Pfoten zu legen, rollte sich in sich zusammen
und blieb dann mit geschlossenen Augen, mühsam atmend, wie
von einer plötzlichen Schlafsucht befallen, liegen. Auf der breiten
Brust bildete das Fell drei oder vier dicke Falten, fast wie eine kleine
Wamme; hinten im Nacken waren die Falten breiter und rundlicher;
die Lippen der oberen Kinnlade hingen schlaff an den Seiten herab.

Das arme Vieh hatte in seiner Krankheit etwas Groteskes und Mitleiderregendes, wie ein Zwerg, der an Asthma und Fettsucht leidet.

Die Mädchen standen stumm da beim Anblick dieses Kräfteverfalles, voll tiefen Jammers und in der Vorahnung eines drohenden Unglücks. Sanzio war seit Jahren der Gegenstand der Zärtlichkeiten und der Liebkosungen dieser heranwachsenden, bleichsüchtigen Jugend. Er war im Hause geboren und auferzogen; seine plumpen ungefügen Formen zeigten die Rundlichkeit eines faulen, gefräßigen Wesens. Mit der Zeit hatten seine kreisrunden Augen etwas Menschliches, Unterwürfiges angenommen. Wenn er vergnügt war, wedelte er mit dem Schwanze, stand auf drei Beinen, rollte sich mit einem eigentümlichen Zittern, das durch das ganze Fell ging, ganz in ein Knäuel zusammen und trollte mit der Grazie umher, wie das Meerschweinchen in den Frühlingskräutern.

Die schönen Erinnerungen daran bewegten die Herzen der Mädchen lebhaft.

Und der Arzt? Wann kommt er? fragte ungeduldig Victoria, die jüngste, die mit ihrem roten Stirnhaare und dem ganz bepuderten Gesichtchen wie ein kleiner Affe aussah.

Der Kranke ließ von Zeit zu Zeit ein schwaches Stöhnen hören, öffnete die Augen und schaute hilfesuchend mit einem sanften, müden Blick umher. Ein nervöses Zucken der Augenwinkel und zwei dunkle Streifen, die ihm der Schmerz unter den Augen eingegraben hatte, ließen ihn noch menschenähnlicher erscheinen.

Donna Letizia versuchte, ihm einen Löffel voll kräftiger Brühe einzuflößen; er machte mit seiner schlaffen Zunge alle möglichen Anstrengungen, um die Flüssigkeit hinunterzuschlucken, doch konnte er die steif gewordenen Kinnladen nicht wieder schließen.

Endlich hörte man im Vorzimmer die Stimme des Doktors Zenzuino, der endlich heraufkam. In das Zimmer trat ein Herr mit hübschem Gesichte, das von Gesundheit und Jovialität zeugte.

O Don Giovanni, machen Sie Sanzio wieder gesund! rief ihm eine flehende Stimme entgegen.

Der Arzt überflog mit einem Blick die ganze jammernde Familie, die er mit Arsenik, Eisenleberthran und Levicowasser so viele Jahre hindurch erfolglos behandelt hatte. Durch das goldene Pincenez zuckte der flüchtige Aufblitz eines Lächelns, dann betrachtete er den Kranken prüfend als Mann der Wissenschaft und sagte bedächtig: Wir werden es mit einem Fall von Lähmung der Kaumuskeln und der unteren Backenspeicheldrüsen zu thun haben. Die Krankheit, die zweifelsohne in einer Störung des Centralnervensystems besteht, im Rückenmark ihren Sitz hat und ihrer Ätiologie nach hereditären oder bazillären Ursprungs sein kann, hat die Neigung, um sich zu greifen. Der Prozeß, der sich weiterverbreitend fortschreitet, wird den Körper, Organ für Organ seiner Funktionen berauben, bis schließlich eines der vitalen Zentren, sei es der Atmung oder der Zirkulation erfaßt wird, was den Tod zur Folge hat.

Bei diesen schrecklichen und rücksichtslosen Worten legte sich eine beklemmende Angst auf die Seelen der Damen, und die blühenden Wangen Donna Letizias erblaßten für einen Augenblick.

Ich glaube, daß auf die Entwicklung der Krankheit die Ernährung von Einfluß war, fügte Don Giovanni erbarmungslos hinzu.

Bei dieser versteckten Anklage bekamen die Mädchen Gewissensbisse, da sie sich schuldig fühlten, die entsetzliche Gefräßigkeit Sanzios stets geduldet zu haben.

Victoria fragte mit einem Ausdruck ungeduldigen Mißbehagens:

Giebt es denn kein Mittel?

Versuchen wir es. Ich empfehle die Applikation einer spanischen Fliege in den Nacken, riet der Doktor mit liebenswürdiger Beflissenheit.

Sanzio wollte vom Sessel herunterspringen, zauderte jedoch am Rande, da er nicht die Kraft hatte, den Sprung zu wagen, blickte mit flehenden Augen umher, die schon trüb wurden wie zwei schwarze Weinbeeren, welche der silberne Anflug der Ueberreife bedeckt. In seine Züge grub der Schmerz tiefe Furchen und greisenhafte Schatten. Die rosige Farbe der Schnauze schien sich dort, wo die langen Spürhaare stehen, zu zersetzen und wurde fast gelb. Die schlappen Ohren bebten leicht, und in derselben Minute ging ein Fieberschauer sichtbar über das ganze weiße Fell.

Nun beugte sich Isabella, welcher die unerbittliche Natur als Erbe vom Vater die bourbonische Nase und die schmale Stirn beschert hatte, ganz gerührt herab und nahm den Leidenden mit den zierlichen Händchen auf, um ihn auf den Boden zu setzen.

Sanzio blieb einen Augenblick, ohne einen Schritt machen zu können, mit gekrümmtem Rücken, von Atemnot geplagt, stocksteif stehen und versuchte, sich taumelnd fortzuschleppen, wie ein an den Schenkeln verwundetes Wild. Vielleicht hatte er Durst; denn er versuchte, wenn ihm das Schüsselchen hingehalten wurde, die Flüssigkeit aufzuschlecken. Aber da die fortschreitende Lähmung ihn auch hieran hinderte, setzte er sich nach vielen erfolglosen und vergeblichen Versuchen auf die Hinterbeine und begann, die Schnauze mit der Pfote zu putzen, gleichsam als wollte er das Hindernis, das ihm so viele Schmerzen bereitete, beseitigen.

Die Stellung war derart menschenähnlich, und aus den Augen sprach so viel menschliches Flehen und solche Verzweiflung, daß Donna Letizia laut zu schluchzen begann.

O armes Bibi! Wer hatte dir das vorausgesagt! Mein armes Bibi!

Die Rührung stieg bei den Mädchen aufs höchste. Victoria nahm den Sterbenden an sich, trug ihn zum Kanapee und verlangte eine Schere. Eine Heldenthat war notwendig. Schließlich war man doch genötigt, das Heilmittel, koste es was es wolle, zu versuchen.

Isabella, Maria, eine Schere, kommt! Alle beugten sich zitternd und bleich über Sanzio hin, der von neuem die Augenlider geschlossen hatte und mit seinem heißen Atem die hilfsbereiten Hände anhauchte.

Nachdem Victoria den ersten Ekel überwunden hatte, fing sie vorsichtig an, die Haare am Nacken des Tieres abzuschneiden, dabei blies sie Flocke für Flocke weg. Eine Art unregelmäßiger Tonsur breitete sich über den Nacken aus, und das Aussehen des Geschorenen wurde immer possierlicher und jämmerlicher.

Vom Abendwind bewegt, blähten sich die Vorhänge an der Terrasse wie zwei Segel auf. Verworren, aber lebhaft und fröhlich drang der Straßenlärm herauf. Eine Flucht einfacher Häuser verlor sich im Hintergrunde in der bleichen Vergoldung der untergehenden Sonne. Und ein Star pfiff.

Nun kam von den oberen Gemächern Natalie, die schöne Schwiegertochter der Donna Letizia, mit einem Kinde auf dem Arme herab und trat ins Zimmer.

Das Oval ihres Gesichtes schimmerte rosig, von bläulichen Adern durchzogen, ihre Augen waren hell und klar, die Nasenflügel fein und durchscheinend; mit einem Wort, sie besaß den ganzen Liebreiz der blonden Frau inmitten der Flut der entfesselten, schwarzen Haare. In der Persönlichkeit, in der Kleidung, in der Haltung, in dem Sichgehenlassen lag jene, ich möchte sagen, glückliche Gelassenheit, jene milchduftende Frische der jungen Mutter, die ihrem Kinde die eigene Brust reicht.

Kaum sah sie den geschorenen Hund, so überkam sie ein so plötzlicher Anfall von unwiderstehlicher Heiterkeit, daß sie das Lachen hinter den Perlenzähnen nicht verbergen konnte.

Ah, ah, ah, ah!

Wie? Natalie wagte zu lachen, während der arme Sanzio im Sterben lag? Die zartbesaiteten, jungfräulichen Wesen warfen der unehrerbietigen, grausamen Schwägerin einen bitterbösen Blick der Entrüstung zu. Aber diese setzte sich leicht darüber hinweg und trat näher, um dem Kinde den Hund zu zeigen. Das unbeholfene Kind tastete mit den kleinen, unruhigen Händen, versuchte den Hund zu berühren und stammelte voller natürlicher Freude unverständliche Laute mit dem noch milchfeuchten Mündchen.

Das Tier, gewohnt für die Patschhändchen den Kopf hinzuhalten, zeigte trotz der schon halbgelähmten Glieder einen Ausdruck von Freude, und in den Augen lag ein letztes Aufflackern von Verständnis und Güte.

Armer Sancho Panza, murmelte nun auch Natalie und zog das Söhnchen zurück, das mit den Fingern in den Speichel des Hundes hineingriff. Als das Kind das Mäulchen zum Weinen verzog, ging sie mit ihm im Zimmer zwei-, dreimal auf und ab, hob es in die Höhe und schaukelte es; dann blieb sie vor dem Automaten stehen und zog mit dem Schlüssel den Mechanismus auf. Der Affe öffnete den Mund, klappte mit den Augendeckeln und rollte unter den Klängen der Gavotte Louis XIII von Victor Felix den Schweif auf und drehte sich wie lebendig hin und her.

Das wollüstige Wogen dieser Klänge erfüllte den Raum, und Natalie bewegte im Takte den Kopf dazu. Das Licht im Zimmer war gedämpft, und von dem geöffneten Balkon drang der feine, liebliche Duft der Pelargonienstöcke herein.

Sanzio hörte vielleicht schon nichts mehr. Die spanische Fliege brannte ihm im Nacken, er krümmte von Zeit zu Zeit den Rücken und bog den Kopf mit einem schwachen Gewinsel nach unten. Die zwischen die Zähne zurückgezogene, violette, fast schwärzlich gewordene Zunge hatte schon jede Beweglichkeit verloren. Nur die mit einer türkisblauen, feuchten Membran überzogenen Augen zuckten noch krampfhaft, wobei in den Ecken das Weiße sichtbar wurde. Der Speichel floß dicker und reichlicher. Die Erstickung schien jeden Augenblick einzutreten.

O Natalie, so hör' doch auf! Siehst du denn nicht, daß Sanzio stirbt? brach Isabella unter Thränen vorwurfsvoll aus.

Doch die Gavotte konnte man nicht unterbrechen, ehe der Mechanismus abgelaufen war, und so fuhren die Töne fort, langsam und leise den Todeskampf des Hundes zu begleiten. Die Dämmerungsschatten breiteten sich inzwischen im Zimmer aus, und die Vorhänge flatterten in der Abendkühle. Donna Letizia, erstickt von Schluchzen, konnte es nicht mehr mit ansehen und ging hinaus. Alle Töchter folgten ihr, eine nach der andern, schmerzbewegt. Nur Natalie näherte sich neugierig dem Sterbenden.

Und während die Gavotte wieder von neuem anfing, gab der gute Sanzio unter den Klängen der Musik, wie der Held in einem italienischen Melodram seinen Geist auf. –

Candias Ende.

I.

Das Osterfestmahl, das man im Hause Lammonica hergebrachtermaßen in Gemeinschaft mit vielen Geladenen feierte, war vorüber. Drei Tage später zählte Donna Cristina Lammonica die Tafelwäsche und das Silber und legte jeden Gegenstand mit peinlichster Ordnung in die Fächer und Behälter zurück bis zu den nächsten Festlichkeiten.

Zu diesem Geschäft waren wie gewöhnlich das Hausmädchen Maria Bisaccia und die Wäscherin Candia Mercanda, einfach Candia genannt, zugezogen. Große, bis an den Rand mit feinem Linnen angefüllte Wäschekörbe standen in Reih' und Glied auf dem Estrich. In einem flachen Korbe lagen das glänzende Silberzeug und andere Tafelgeräte. Die Sachen waren massiv und ein wenig plump, wie bäuerliches Gerät zu sein pflegt, und zeigten jenen kirchlichen Stil, wie alle derartigen Gegenstände, die sich in den wohlhabenden Familien auf dem Lande von Geschlecht zu Geschlecht vererben. Das ganze Zimmer erfüllte ein kräftiger Duft nach frischer Wäsche.

Candia entnahm den Körben die Tafeltücher, die Tischtücher und Servietten und ließ die tadellose Leinwand von der Signora besichtigen; dann reichte sie Stück für Stück an Maria weiter, die es in den Fächern aufschichtete, während die Signora wohlriechende Kräuter dazwischen legte und die Nummern im Wäschebuch notierte.

Candia war eine große, knochige, derbe Person von 50 Jahren; ihr Rücken war durch die Haltung, die ihr Geschäft mit sich brachte, etwas gekrümmt. Die Arme waren lang, und der Kopf, wie der eines Raubvogels gestaltet, saß auf dem Halse einer Schildkröte. Maria Bisaccia, ein etwas dickes Wesen mit milchweißem Teint und sehr hellen Augen, war aus Ortona gebürtig. Sie hatte etwas Bedächtiges in ihrer Rede, die sie mit sanften, weichen Bewegungen begleitete, wie jemand, der immer mit Kuchenteig, Fruchtsäften, Eingemachtem und Konfekt zu thun hat. Donna Cristina stammte ebenfalls aus Ortona, wo sie in einem Kloster erzogen war; sie hatte eine kleine Figur und war fast busenlos. Ihre Haare spielten ins Rötliche, das Gesicht war mit Sommersprossen bedeckt, die Nase lang und dick, die Zähne waren schadhaft, aber die Augen wunderschön und von keuschem Ausdruck; sie glich einem Priester in Weiberkleidern.

Die drei weiblichen Wesen waren mit größtem Eifer ganz bei der Arbeit und verbrachten so einen großen Teil des Nachmittags.

Als Candia einmal mit einem leeren Korbe hinausging, bemerkte Donna Cristina beim Abzählen der Bestecke, daß ein silberner Löffel fehlte.

Maria! Maria! rief sie ganz erschreckt. Zähle du 'mal nach! es fehlt 'n Löffel ... Zähle 'mal!

Aber wie? Das kann nicht sein, Frau, antwortete Maria. Laßt mich nachsehen.

Damit machte sie sich daran, die Bestecke nebeneinander zu halten und sie laut abzuzählen. Donna Cristina schaute kopfschüttelnd zu. Das Silber klang hell und klar.

s'ist wahr! rief Maria schließlich verzweifelt aus. Was ist da zu thun?

Sie selbst war über jeden Verdacht erhaben, denn sie hatte in dieser Familie fünfzehn Jahre lang Proben von Ehrlichkeit und Treue abgelegt. Sie war mit Donna Cristina nach deren Hochzeit gleichsam als ein Bestandteil der Aussteuer von Ortona gekommen und besaß nun im Hause unter dem Schutze ihrer Herrin ein gewisses Ansehen. Sie steckte voll von religiösem Aberglauben und war ihrem Schutzheiligen und seiner Kirche blind ergeben, – dabei war sie verschlagen wie selten eine. Mit ihrer Herrin hatte sie ein Schutz- und Trutzbündnis geschlossen, gegen alles, was Pescara anbelangte, und hauptsächlich gegen den Heiligen dieser Stadt. Bei jeder Gelegenheit sprach sie von ihrem Geburtsorte, rühmte dessen Reichtümer und Schönheiten, die Pracht seiner Basilika, die Schätze des heiligen Tommaso und den Pomp bei den großen Kirchenfesten, im Gegensatz zu der Armseligkeit des San Cetteo, der nur einen einzigen kleinen, silbernen Arm aufweisen konnte.

Donna Cristina sagte:

Schau gut drüben nach.

Maria verließ das Zimmer, um weiter nachzusuchen. Sie kehrte in allen Ecken der Küche und der Veranda das Unterste nach oben, aber vergebens, sie kam mit leeren Händen zurück.

Nichts zu finden! Er ist nirgends zu finden! Nun dachten sie hin und her, ergingen sich in Mutmaßungen und strengten ihr Gedächtnis an. Sie traten auf den nach dem Hof führenden Altan hinaus und gingen nach dem Gußstein, um die letzte Nachsuche zu halten. Von dem lauten Sprechen angelockt, kamen die Nachbarinnen an die Fenster.

Was ist denn geschehen, Donna Cristi? Sagt, was giebt's?

Mit einem Schwall von Worten und mit großer Lebhaftigkeit erzählten Donna Cristina und Maria das Vorgefallene.

Jesus! Jesus! Also Diebe waren im Hause! Das Gerücht des Diebstahls verbreitete sich in einem Augenblick in der Nachbarschaft und in ganz Pescara. Männer und Frauen, alles suchte zu erraten, wer der Dieb sei. Als das Gerücht bis zu den letzten Häusern bei Sant Agostino kam, war es schon ungemein gewachsen: es handelte sich nicht mehr um *einen* Löffel, sondern um sämtliches Silberzeug des Hauses Lammonica.

Das Wetter war herrlich; auf den Loggien begannen die Rosen zu blühen, und in einem Käfig zwitscherten zwei Zeisige. Die Nachbarinnen verweilten bei dem schönen Wetter an den Fenstern in der lauen Luft. Ihre Köpfe tauchten zwischen den Basilikumtöpfen auf, und das lebhafte Schwatzen schien selbst die Katzen in der Dachrinne zu ergötzen.

Händeringend sagte Donna Cristina: Wer mag es nur gewesen sein?

Donna Isabella Sertale, der Marder genannt, weil sie die geschmeidigen, raschen Bewegungen dieses kleinen Raubtiers hatte, fragte mit ihrer schrillen Stimme:

Wer war denn bei Euch, Donna Cristi? Es war mir, als hätte ich Candia vorbeikommen sehen ... ...

Aaaah! rief Donna Felicetta Margasanta, die wegen ihrer Schwatzhaftigkeit die Elster hieß, und

Aah, wiederholten die anderen Gevatterinnen.

Und daran dachtet Ihr nicht?

Und habt Ihr nichts gemerkt?

Und Ihr wißt nicht, was Candia ist?

Wir können es Euch sagen, was für eine sie ist!

Sicherlich!

Wir können ein Lied davon singen!

Die Wäsche wäscht sie gut, darüber ist nichts zu sagen!

Die beste Wäscherin ist sie in ganz Pescara, das muß man ihr lassen. Aber lange Finger macht sie ... Habt Ihr das nicht gewußt, Gevatterin?

Mir haben einmal zwei grobe Tischtücher gefehlt!

Mir ein Tafeltuch.

Mir ein Hemd.

Mir drei Paar Strümpfe.

Mir ein neuer Unterrock.

Mir zwei Kissenbezüge.

Ich habe überhaupt nichts wiederbekommen.

Mir fehlt auch etwas.

Mir auch.

Ich aber habe sie nicht davongejagt; wen soll man nehmen? Die Silvestra vielleicht?

Die Angelantonia, diese Zigeunerin?

Eine ärger, als die andere!

Man muß Geduld haben.

Aber gar ein Löffel! Nein, so etwas!

Das ist zu stark!

Rührt Euch nur, Donna Cristi, Ihr dürft's nicht so hingehen lassen!

Ach was, hingehen lassen oder nicht! brach Maria Bisaccia aus, die sich keine Gelegenheit entgehen ließ, den anderen Dienstboten im Hause etwas anzuhängen und sie in schlechtes Licht zu setzen, obgleich sie friedfertig und sanftmütig aussah. Wir werden schon sehen, Donna Isabbé, laßt uns nur machen!

Das Klatschen an den Fenstern und in den Loggien wollte kein Ende nehmen. Die Beschuldigungen gegen Candia gingen von Mund zu Mund und wurden im ganzen Orte bekannt.

II.

Als am anderen Morgen Candia bis zu den Ellenbogen in der Laugenbrühe steckte, erschien der Polizeidiener Biagio Pesce, den man den »kleinen Korporal« nannte, auf der Schwelle und sagte zu der Wäscherin:

Augenblicklich sollst du zum Herrn Bürgermeister aufs Rathaus kommen.

Was sagt Ihr? gab Candia stirnrunzelnd zurück, ohne ihre Arbeit zu unterbrechen.

Augenblicklich sollst du zum Herrn Bürgermeister aufs Rathaus kommen.

Ich? Und weshalb? fuhr Candia ihn barsch an; denn sie wußte sich die Ursache zu dieser Aufforderung nicht zu erklären und richtete sich hoch auf, wie ein störrischer Gaul, der vor einem Schatten erschrickt.

Ich kann das nicht wissen, entgegnete der kleine Korporal. Ich habe den Befehl erhalten.

Welchen Befehl?

Die Frau ließ in ihrem Eigensinn nicht ab zu fragen. Sie konnte sich den Grund nicht erklären.

Mich will der Bürgermeister? Und weshalb? Ich *will* nicht kommen! Was habe ich denn gethan?

Der kleine Korporal verlor die Geduld und sagte:

Ah, du willst nicht kommen? Dann gieb nur acht!

Die Hand am Griff des alten Säbels, ging er, vor sich hinmurmelnd, fort. –

Das Zwiegespräch aber hatte Zeugen gehabt; einige Bewohner des Gäßchens traten an die Thüren und blickten neugierig zu Candia hinüber, die in der Laugenbrühe weiterhantierte. Und da alle die Geschichte von dem silbernen Löffel wußten, lachten sie in sich hinein und machten anzügliche Redensarten, von denen Candia nichts verstand. Aber ein banges Gefühl der Unruhe ergriff sie, als sie das Lachen und die spöttischen Bemerkungen hörte. Ihre Unruhe wuchs, als sie den kleinen Korporal, von einem anderen Polizeidiener begleitet, wieder daherkommen sah.

Marsch, sagte der kleine Korporal grob. Candia trocknete sich
schweigend die Arme ab und ging mit. Auf der Piazza blieben die
Leute stehen. Von der Schwelle eines Krämerladens rief ihre Feindin, Rosa Panara, mit höhnischem Lachen ihr nach:

Mach dich nur fertig!

Die Wäscherin konnte sich in ihrer Bestürzung den Grund der
Verhöhnung nicht erklären und wußte nicht, was sie dazu sagen
sollte.

Vor dem Rathaus stand eine Gruppe Neugieriger, die sich eigens
dort aufgestellt hatten, um Candia vorüberkommen zu sehen. Von
Zorn gepackt, stieg sie rasch die Treppe hinauf, stand atemlos vor
dem Bürgermeister und fragte:

Was will man von mir?

Don Silvio, ein friedfertiger Mann, war im ersten Augenblick von
der kreischenden Stimme der Wäscherin unangenehm berührt, warf
auf die treuen Beschützer seiner bürgermeisterlichen Würde einen
Blick und sagte:

Setz dich, meine Tochter!

Candia aber blieb stehen. Ihre gebogene Nase rötete der Zorn,
und über ihre Wangen lief ein eigenartiges Zucken.

Nun, Don Si!

Habt Ihr gestern bei Donna Cristina Lammonica die Wäsche zusammengetragen?

Jawohl, was ist, was giebt's denn, fehlt etwas? Alles abgezählt,
Stück für Stück ... Es fehlte nichts. Was soll's nun?

Einen Augenblick, meine Tochter! Im Zimmer war das Silberzeug
...

Jetzt erriet Candia und fuhr wie ein zum Stoß bereiter Raubvogel
auf. Ihre schmalen Lippen zitterten.

Im Zimmer war das Silberzeug, und Donna Cristina hat bemerkt,
daß ein Löffel fehlt. Verstehst du, meine Tochter? Habt Ihr ihn vielleicht – aus Versehen – genommen?

Candia hüpfte wie eine Heuschrecke bei dieser unerwarteten Anklage. Sie hatte nichts genommen. Ganz gewiß nicht.

Ah, ich? Ah, ich? Wer sagt das? Wer will das gesehen haben? Das ist ja eine merkwürdige Überraschung, Don Si! Das wundert mich von Euch! Ich soll gestohlen haben? Ich? Ich?

Ihre Entrüstung kannte keine Grenzen. Sie war um so mehr von der ungerechten Anklage verletzt, als sie sich der Handlung, deren man sie bezichtigte, wohl fähig fühlte.

Also, Ihr habt ihn nicht genommen? unterbrach sie Don Silvio, der vorsichtigerweise sich so weit wie möglich in seinen großen kurulischen Sessel zurückgezogen hatte.

Das ist mir eine schöne Überraschung, keifte das Weib von neuem und fuchtelte mit den langen Armen wie mit zwei Stöcken in der Luft herum.

Es ist gut, geht nur. Man wird ja sehen.

Candia eilte ohne Gruß hinaus und rannte gegen den Thürpfosten. Sie war außer sich, ganz grün war sie geworden. Als sie den

Fuß auf die Straße setzte, erkannte sie sofort aus der Haltung der unten versammelten Leute, daß die öffentliche Meinung gegen sie war, daß niemand an ihre Unschuld glaubte. Nichtsdestoweniger beteuerte sie laut ihre Schuldlosigkeit. Die Leute lachten und gingen auseinander. Wütend kehrte sie nach Hause zurück, sie war ganz verzweifelt. Schluchzend setzte sie sich auf ihre Thürschwelle.

Don Donato Brandimarte, der nebenan wohnte, sagte spottend:

Weine nur fest darauf los, denn grad' gehen Leute vorüber!

Die feuchte Wäsche in der Lauge wartete ihrer, und endlich beruhigte sie sich. Sie streifte die Ärmel auf und ging wieder an ihr Geschäft. Während sie so arbeitete, dachte sie an nichts, als an ihre Schuldlosigkeit, suchte sich eine Menge Gründe zur Verteidigung zusammen und strengte ihr schlaues Gehirn an, um ein Mittel zu finden, das ihre Unschuld an den Tag brächte. Alle möglichen, scharfsinnigen Einfälle kamen ihr in den Sinn, alle landläufigen Auskunftsmittel, womit sie gegen diejenigen auftreten wollte, die ihr nicht glauben würden.

Als sie ihre Arbeit vollendet hatte, ging sie hinaus; zuerst wollte sie zu Donna Cristina.

Donna Cristina ließ sich nicht sehen. Maria Bisaccia hörte kopfschüttelnd ihre vielen Worte an, ohne etwas zu antworten, und zog sich würdevoll zurück.

Hierauf lief Candia zu ihrer ganzen Kundschaft. Sie erzählte überall den Fall und beteuerte, daß sie es nicht gewesen sei, indem sie immer neue, wortreiche Beweise hervorbrachte, in Eifer geriet und verzweifelt that, da man ihr nicht glaubte und mißtrauisch blieb. Aber alles war umsonst. Als sie dies merkte, bemächtigte sich ihrer eine tiefe Niedergeschlagenheit.

Was war da zu machen? Was sollte sie sagen?

III.

Unterdessen hatte Donna Cristina die Ciniglia rufen lassen, ein Weib aus der untersten Volksschicht, das mit vielem Erfolge allerlei Zauberkünste ausübte. Der Ciniglia war es schon verschiedentlich gelungen, gestohlene Sachen wieder herbeizuzaubern. Man sagte

ihr nach, daß sie mit den Dieben im geheimen Einvernehmen stände.

Donna Cristina sagte zu ihr: Schaff' mir den Löffel wieder herbei,
und ich gebe dir eine schöne Belohnung.

Die Ciniglia antwortete:

Gut. Ich brauche nur vierundzwanzig Stunden Zeit.

Und nachdem vierundzwanzig Stunden vorüber waren, brachte
sie den Bescheid, der Löffel befände sich in einem Loch im Hofe, in
der Nähe des Ziehbrunnens.

Donna Cristina und Maria gingen auf den Hof und fanden ihn zu
ihrer großen Verwunderung an der bezeichneten Stelle.

Mit Windeseile verbreitete sich die Kunde davon in ganz Pescara.

Triumphierend durcheilte nun Candia Mercanda die Straßen. Sie
schien gewachsen, so hoch trug sie den Kopf. Lächelnd schaute sie
allen in die Augen, wie um zu sagen:

Nun, habt ihr's gesehen? Habt ihr's gesehen?

Wie sie vorüberkam, steckten die Leute, die unter den Thüren
standen, die Köpfe zusammen und brachen dann in ein schallendes
Gelächter aus. Filippo La Selvi schlürfte eben im Café Angeladea
ein Gläschen Liqueur und rief Candia zu:

Nun, Candia! Ein Gläschen von diesem da? Das Weib, das einem
feurigen Liqueur nicht abhold war, schnalzte mit der Zunge.

Filippo La Selvi fügte hinzu:

Du verdienst es, darüber ist nichts zu sagen!

Ein Haufen von Bummlern hatte sich vor dem Café angesammelt.
Alle zeigten in ihren Mienen eine spöttische Heiterkeit.

Während die Donna trank, wandte sich Filippo La Selvi den Gaf-
fern zu.

Fein hat sie's gemacht! Nicht wahr? – Alter Fuchs! – – – und
klopfte die Wäscherin vertraulich auf die Schulter.

Alles lachte.

Magnasave, ein kleiner Buckliger, der außerdem noch blödsinnig war und stotterte, legte den Zeigefinger der Rechten mit dem der Linken in recht auffälliger Weise aneinander und brachte mit seiner schwerfälligen Zunge die Silben hervor: Ca .. Ca .. a .. Candia ... ... la .. Ciniglia.

Und mit pfiffiger Miene machte er unter Stottern den Gaffenden verständlich, daß Candia und Ciniglia gute Gevatterinnen seien.

– Alle, die dies sahen, wollten vor Vergnügen bersten. Candia blieb einen Augenblick, das Gläschen in her Hand, sprachlos. – Dann, auf einmal, begriff sie. – Man glaubte nicht an ihre Unschuld. Man beschuldigte sie, den silbernen Löffel heimlich im Einverständnis mit der Hexe zurückgebracht zu haben, um sich keinen weiteren Unannehmlichkeiten auszusetzen.

Nun überfiel sie eine blinde Wut. Sie fand keine Worte, warf sich auf den Schwächsten, den kleinen Buckligen, ließ einen Hagel von Faustschlägen auf ihn niederprasseln und zerkratzte ihm das Gesicht. Mit grausamer Freude und unter hellem Gelächter bildeten die Leute beim Anblick dieses Streites einen Kreis, wie bei einem Tierkampfe, und suchten die Streitenden durch Zuruf und Gebärden noch mehr anzufeuern.

Magnafave war von dem unvorhergesehenen Wutausbruch wie betäubt und versuchte, mit affenähnlichen Sprüngen zu entfliehen, aber die derben Fäuste der Wäscherin ließen ihn nicht los. Wie einen Stein in der Schleuder schwang sie ihn mit immer größerer Schnelligkeit im Kreise, bis er kopfüber heftig zu Boden stürzte.

Einige sprangen hinzu, um ihn aufzuheben. Candia entfernte sich, begleitet von dem Zischen der Menge. Sie ging nach Hause und schloß sich ein. Schluchzend warf sie sich über ihr Bett und biß in ihrem Schmerze in die Finger.

Diese neue Beschuldigung kränkte sie noch tiefer als die erste, um so mehr, weil sie wohl imstande gewesen wäre, diesen Ausweg zu benutzen. Wie konnte sie diesen Verdacht von sich abwälzen? Wie sollte die Wahrheit ans Licht kommen?

Sie verzweifelte förmlich, wenn sie daran dachte, daß alle Umstände gegen sie waren und es ihr fast unmöglich machten, ihre Schuldlosigkeit zu beweisen. Der Hof war leicht zugänglich, eine unverschlossene Thür führte auf den ersten Absatz der großen Treppe. Um Abfall hinauszutragen oder aus anderen Gründen ging jederzeit durch diese Thür eine Menge Leute unbehindert ein und aus. Sie konnte also den Anklägern den Mund nicht schließen, wenn sie sagte: Wie hätte ich es machen sollen, um hineinzukommen? Es gab zu viele und zu leicht erreichbare Mittel, um so etwas auszuführen, und gerade darauf stützte sich die Meinung der Leute.

Candia strengte ihre ganze Findigkeit an, erdachte sich drei, vier, fünf Fälle, die alle erklären sollten, wie der Löffel in das Loch im Hofe geraten wäre. Zu allen möglichen Listen und Scheingründen nahm sie ihre Zuflucht und grübelte mit merkwürdiger Geschicklichkeit und Beharrlichkeit immer neue Möglichkeiten aus. Dann fing sie an, in die Läden zu laufen, um den Leuten auf jede Weise die Zweifel auszureden. Diese hörten ihr zu und ergötzten sich an ihrer verfänglichen Beweisführung. Schließlich sagten sie:

Schon gut! Schon gut! aber mit solchem Ausdruck, daß Candia wie vernichtet dastand. – Alle ihre Anstrengungen waren also vergeblich! Niemand glaubte ihr! Niemand! Niemand! Mit einer bewunderungswürdigen Zähigkeit griff sie die Sache von einer anderen Seite an. Sie brachte ganze Nächte damit zu, immer neue Beweise zu ersinnen und neue Auswege zu finden, um die Hindernisse zu besiegen. Bei dieser fortgesetzten Anstrengung nahm ihre geistige Kraft nach und nach ab, sie konnte keinen anderen Gedanken als den an den Löffel fassen, und sie verlor fast das Verständnis für die gewöhnlichsten Dinge des alltäglichen Lebens. Allmählich setzte sich in dem Gehirn des armen Weibes eine wahre Manie fest, die durch die Quälereien der Leute täglich wuchs.

Sie vernachlässigte ihre Arbeit und kam dadurch ins Elend. Die Wäsche wusch sie schlecht, verlor oder zerriß sie. Wenn sie unter die eiserne Brücke des Flusses ging, wo die anderen Wäscherinnen beschäftigt waren, so kam es oft vor, daß ein Stück Wäsche ihrer Hand entglitt und von der Strömung auf Nimmerwiedersehen fortgerissen wurde. Ohne je zu ermüden, sprach sie unaufhörlich von derselben Sache. Damit sie es nicht mit anhören mußten, fingen die jungen Wäscherinnen an zu singen und ärgerten sie mit anzüglichen Reimen. Dann schrie sie und führte sich wie eine Verrückte auf.

Niemand gab ihr mehr zu waschen. Alte Kundinnen schenkten ihr aus Mitleid etwas zu essen. Schließlich gewöhnte sie sich ans Betteln. Ganz zerlumpt, gebückt und verkommen, ging sie durch die Straßen, und die Betteljungen riefen ihr nach:

Erzähle uns doch die Geschichte von dem Löffel, wir kennen sie nicht, Tante Candia!

Zuweilen hielt sie Unbekannte, die vorübergingen auf, um ihnen die Geschichte zu erzählen und ihre Schuldlosigkeit zu beteuern. Junge Leute riefen sie herbei und ließen sich für einen Soldo die Geschichte drei- viermal erzählen, erhoben gegen ihre Behauptungen Einwände, ließen sie zu Ende reden, um ihr schließlich beim letzten Worte eine Kränkung zu sagen. Den Kopf schüttelnd, ging sie weiter. Sie schloß sich anderen Bettelweibern an und stritt mit ihnen, immer, immer, unermüdlich, ohne Aufhören. Eine war ihr besonders lieb; sie war schwerhörig, hatte einen rötlichen Ausschlag und hinkte auf einem Fuße.

Im Winter 1874 wurde sie krank. Die aussätzige Frau pflegte sie. Donna Cristina schickte ihr eine Herzstärkung und ein Kohlenbecken, damit sie sich wärmen könne.

Die Kranke auf ihrem Strohlager redete im Wahnsinn nur vom Löffel; sie stützte sich auf die Ellenbogen und versuchte ihre Auseinandersetzungen mit Gebärden zu begleiten. Die Aussätzige nahm sie bei den Händen und legte sie mitleidig wieder zurück.

Im Todeskampfe noch, während schon die weitgeöffneten Augen sich verschleierten, als ob ein trübes Wasser von innen her in ihnen aufstiege, stammelte Candia noch einmal:

Ich bin es nicht gewesen, Herr ... seht doch – – – – weil – – – der Löffel – – –.

Der Brückenkrieg.

Ein Kapitel aus der Chronik von Pescara.

Um die Zeit der Iden des Augusts (auf allen Feldern trocknete das gewaschene Getreide an der Sonne) nahm an den Verhandlungen um das Wohl und Wehe der Gemeinde auch Antonio Mengarino, ein alter, pfiffiger und erfahrener Landmann, teil. Als er bemerkte, daß sich mehrere Stadträte leise über die Cholera unterhielten, die in den italienischen Provinzen um sich griff, und wie er hörte, daß einige von ihnen Vorschläge zur Erhaltung der Gesundheit machten, während andere Befürchtungen laut werden ließen, trat er mit einer halb ungläubigen, halb neugierigen Miene auf sie zu.

Außer ihm saßen im Rate noch zwei andere Landleute, Giulio Citrullo aus der Ebene und Achille di Russo vom Hügelland.

Während der Alte dem Gespräch zuhörte, wandte er sich den beiden von Zeit zu Zeit zu und gab ihnen durch Grimassen zu verstehen, welch verkehrte Ansichten der Bürgermeister und die Räte zu Tage förderten.

Er konnte sich schließlich nicht mehr halten und sagte mit der Sicherheit eines Mannes, der mit allem Bescheid weiß und vieles gesehen hat:

Mbé, hört mir doch auf mit dem Geschwätz da untereinander. Woll'n wir ein bißchen Cholera kommen lassen, oder woll'n wir keine kommen lassen? Machen wir die Sache unter uns ab! Wir!

Bei diesen unerwarteten Worten sahen sich die Räte zuerst verwundert an, dann brachen sie in ein schallendes Gelächter aus.

Geh mir doch, Mengari! Was, bei Christi Blut, redest du denn da! rief der lange Assessor Don Ajace und klopfte den Alten auf die Schulter. Die andern schüttelten die Köpfe, schlugen mit der Faust auf den Tisch und machten ihre Bemerkungen über die heillose Unvernunft der *cafoni*.

Mbé, Ihr denkt, wie mir scheint, ich soll Euer Geschwätz da glauben?, warf Antonio Mengarino mit einer leichten Handbewegung ein, gereizt durch die Heiterkeit, die durch seine Worte hervorgerufen war. Bei ihm sowohl, wie bei den beiden andern Bauern, kam das Mißtrauen und die angeborene Feindseligkeit gegen die »Stadtherren« offen zum Durchbruch. – Also sie wurden von den Ratsgeheimnissen ausgeschlossen? Wurden immer noch als dumme Bauern behandelt? Ah, solch eine Wirtschaft! Zum Dreinschlagen! ...

Macht's Ihr aus! Wir gehen! schloß grimmig der Alte und nahm seinen Hut. Schweigend, mit gewichtigen Schritten, verließen die drei Bauern den Gemeindesaal.

Als sie den Ort hinter sich hatten und zwischen den üppigen Weingärten und Welschkornfeldern angelangt waren, stand Giulio Citrullo still, zündete sich die Pfeife an und machte seinem Aerger Luft:

Die Gänse laufen ja vor ihnen fort! Solche Hohlköpfe! Ich möchte kein Bürgermeister sein!

Indessen verdrehte die Angst vor der herannahenden Seuche den Landbewohnern die Köpfe. Unter den Obstbäumen, in den Weingärten, bei den Cisternen und Brunnen wachten die Bauern argwöhnisch und drohend mit größter Beharrlichkeit. Die nächtliche Stille wurde durch Flintenschüsse gestört. Bis zum Morgengrauen bellten die unruhig gewordenen Hunde. Die friedsamen Geschäfte des Ackerbaues wurden lässig und gleichgültig betrieben. Von den Feldern ertönten aufrührerische Stegreiflieder. Die Alten riefen die Erinnerung an frühere Seuchenzeiten wach und beteuerten, daß sie an Vergiftung glaubten. Anno 54 hatten einige Weinbauern von Fontanella einen Mann auf dem Gipfel eines Feigenbaumes ertappt; sie zwangen ihn herabzusteigen und sahen, wie er eine mit einem gelblichen Fett gefüllte Flasche zu verbergen suchte. Unter Drohungen gossen sie ihm die ganze Flüssigkeit ein. Der Mann, der von Padua war, stürzte plötzlich zusammen und krümmte sich, aschfahl, die Augen weit geöffnet, mit starrem Genick und mit Schaum vor dem Munde, in Zuckungen auf dem Boden.

Anno 37 erstach ein Schlosser, Namens Zinicche, in Spoltore auf offener Straße den Ratsschreiber Don Antonio Rapino: die Todesfälle hörten auf, und der Ort war gerettet.

So entstanden nach und nach Legenden, gingen von Mund zu Mund und wurden schließlich die reinsten Schauermärchen. Ein solches wußte zu berichten, daß im Rathause sieben von den »Regierenden« gesandte Kisten mit Gift angekommen seien, das im Lande verteilt und unter das Salz gemischt werden sollte. Die Kisten waren, wie es hieß, grün, mit Eisen beschlagen und mit drei Schlössern versehen. 7000 Dukaten habe der Bürgermeister bezahlen müssen, damit man die Kisten vergraben und das Land erlösen durfte. Ferner wurde erzählt, daß die »Regierenden« dem Bürgermeister für jeden Toten fünf Dukaten bezahlten. Die Bevölkerung sei zu zahlreich, und deshalb müßten nun die Armen sterben. Der Bürgermeister habe besondere Listen aufgestellt: Der vornehme Herr, diesmal wird er sich bereichern!

So wuchs die Gärung. Die Bauern kauften auf dem Markte in Pescara nichts und brachten auch ihre Erzeugnisse nicht in den Handel. Die Feigen fielen überreif von den Bäumen und verkamen auf dem Boden. Die Trauben hingen an den Reben unberührt. Die nächtlichen Räubereien hörten auf, weil die Diebe sich vor vergifteten Früchten fürchteten. Das Salz, die einzige Ware, die in den Läden der Stadt gekauft wurde, gab man erst den Hunden und Katzen zum Versuchen, ehe man davon Gebrauch machte.

Eines Tages verbreitete sich das Gerücht, daß in Neapel die Bevölkerung in großer Menge vom Tode hinweggerafft würde. An dem Namen Neapels, dieses großen, entlegenen Reiches, wo eines Tages *Giuvanni senzapahura* sein Glück gemacht hatte, erhitzten sich die Vorstellungen.

Es kam die Zeit der Weinlese. Aber da die einheimischen Trauben von Händlern aus der Lombardei aufgekauft und nach dem Norden verschickt wurden, um dort zur Weinverbesserung zu dienen, war das Vergnügen am prickelnden Most nur gering. Selten nur stampften die nackten Füße der Winzer in der großen Kufe, noch seltener ertönte ein Liedchen von weiblichen Lippen.

Doch als die Erntearbeiten beendet und die Bäume von Früchten geleert waren, schwand die Furcht und der Argwohn; denn nun war ja den »Herren« die Gelegenheit genommen, das Gift zu verbreiten.

Auf das Land gingen reichliche und wohlthätige Regenschauer nieder. Durch die Gunst der strahlenden Sonne war das von Feuchtigkeit durchtränkte Erdreich für die Arbeit des Pfluges und die Aussaat wohl vorbereitet, und der zunehmende Mond beeinflußte heilsam die Triebkraft der keimenden Saat.

Da verbreitete sich eines Morgens in der ganzen Gegend wie ein Lauffeuer die Nachricht, zu Villareale, bei den Eichen Don Settimios, auf dem rechten Ufer des Flusses, seien drei Frauen gestorben; sie hätten eine Suppe aus Teigwaren, die zuvor in der Stadt gekauft waren, genossen. Ueberall geriet darüber das Volk in Aufregung, und das umso heftiger, weil die Gemüter sich wieder in vertrauensseliger Sorglosigkeit gewiegt hatten.

Ah, *va bbone*; das vornehme Herrchen hat die Dukaten nicht fahren lassen wollen ... Aber uns kann er nichts anhaben, Früchte giebt's nicht mehr, und nach Pescara geh'n wir nicht.

Das Herrchen spielt eine schlechte Karte.

Uns will er etwas anthun? Mbé, er hat die rechte Zeit verpaßt, der elende Tropf ...

Er mag's versuchen! Misch er's doch in die Pasta, an das Salz ... Aber die Pasta essen wir nicht, und das Salz geben wir erst den Hunden und Katzen zum Kosten!

Ah, du Schurke von einem Herrn! Was haben wir Armen verbrochen? Heilige Madonna! Daß es dahin gekommen ist ...!

So ging das Gemurre, gepaart mit Verhöhnungen und Beschimpfungen gegen die Gemeindebeamten und »die Regierenden«, überall los. Plötzlich wurden in Pescara drei, vier, fünf Personen aus dem Volke von der Seuche ergriffen.

Der Abend kam, und auf alle Häuser senkte sich mit den feuchten Nebeln, die vom Flusse aufstiegen, eine bleierne Todesfurcht. Die Leute liefen auf den Straßen angsterfüllt hin und her und drängten nach dem Rathaus. Hier befanden sich der Bürgermeister, die Räte und Gendarmen in vollständiger Kopflosigkeit. Sie liefen die Treppen auf und ab, redeten alle sinnlos durcheinander, gaben sich widersprechende Befehle und wußten nicht, was sie thun, wohin sie gehen, noch welche Maßregeln sie ergreifen sollten. Dieses Durcheinander im Gehirn ging auf eine ganz natürliche Weise auch auf den Leib über.

Ließ sich nur in den Eingeweiden ein gewisses kollerndes Geräusch vernehmen, so begannen sie zu zittern und mit den Zähnen zu klappern. Einer sah den andern verstört an, dann entfernten sie sich eiligst und schlossen sich in ihren Häusern ein. Die Speisen blieben unberührt.

Als nun spät in der Nacht sich der erste panische Schrecken gelegt hatte, zündeten die Wächter an den Straßenecken Schwefel- und Pechfeuer an. Mauern und Fenster waren von den Flammen gerötet. Der unerträgliche Geruch des verbrannten Pechs lagerte sich über der bestürzten Stadt. Bei dem hellen Mondscheine sah es so aus, als ob auf der Werft am Meere Schiffe kalfatert würden.

So hielt die Asiatica ihren Einzug in Pescara.

Die Seuche kroch längs des Flusses unaufhaltsam fort, schlich sich in die Fischerdörfer an der Küste ein, in dieses Gewinkel elender Hütten, wo Schiffer wohnten und einige alte Leute, die irgend ein kleines Handwerk betrieben.

Die Erkrankten starben fast sämtlich, weil sie die Medikamente nicht nehmen wollten. Sie konnten weder durch Vernunftgründe noch Zureden dazu gebracht werden.

Anisafine, ein Buckliger, der an die Soldaten mit Anisgeist gemischtes Wasser verkaufte, war nicht zu bewegen, den Mund aufzumachen; er schüttelte den Kopf, als er das Medizinglas sah, und weigerte sich halsstarrig, etwas einzunehmen. Der Arzt wandte all seine Beredsamkeit auf, um ihm zuzusprechen, und trank selbst die Hälfte der Arznei, sämtliche Anwesenden setzten ebenfalls das Glas an den Mund. Anisafine war nicht zu überzeugen und schüttelte nur um so heftiger den Kopf.

Aber so sieh doch, rief der Doktor, wir haben ja alle zuerst davon genommen! Anisafine begann höhnisch zu lächeln:

Ah, ah, ah! Ja, ihr, das glaub' ich, ihr habt ein Gegengift geschluckt!

Kurz darauf war er tot.

Cianchine, ein blöder Metzger, machte es ebenso. Der Arzt goß ihm schließlich die Arznei mit Gewalt zwischen die Zähne. Mit Ekel und Schreck spuckte Cianchine alles wieder aus, stieß Verwünschungen gegen die Umstehenden hervor und machte wiederholte Anstrengungen, sich zu erheben und die Flucht zu ergreifen. In Gegenwart von zwei entsetzt dastehenden Gendarmen verschied er unter Fluchen und Schimpfen.

Die öffentlichen Küchen, die der Wohlthätigkeit ihre Entstehung verdankten, waren bei dem Volke als Giftlaboratorien verschrieen. Die Bettler litten lieber Hunger, als daß sie das Fleisch, das dort in den Kesseln brodelte, anrührten. Constantino di Corropoli, eine cynische Kreatur, verhetzte obendrein noch die Angehörigen der Bettlerzunft. Er trieb sich in der Nähe der Küchen umher und sagte mit einer nicht zu beschreibenden Geste laut:

Mich kriegen sie nicht dran!

Die Catalana di Gissi überwand zuerst diese dumme Furcht. Zögernd trat sie ein; sie wollte die Wirkung an sich selbst prüfen, aß einige Bissen und trank von dem Weine in kleinen Zügen. Als sie sich gesättigt und gestärkt fühlte, lächelte sie voller Verwunderung und Vergnügen. Alle Bettler warteten neugierig auf ihr Wiedererscheinen. Sobald sie unversehrt heraustrat, stürzten alle durch die geöffnete Pforte. Nun wollten sie auch trinken und essen.

Die Küchen sind in einem alten, offenen Theater in der Nähe der Porta nova. Im Orchesterraum sind die Kochkessel untergebracht, und der Dampf steigt auf die Bühne. Durch den Rauch hindurch sieht man den Hintergrund und die Kulissen, die ein Feudalschloß im Vollmondschein darstellen. Hier versammelt sich mittags das ganze Bettelpack um einen großen, ungefügen Tisch. Im Zuschauerraum bewegt sich ein buntfarbiges Gewimmel in Lumpen, und es schallt von heiseren Stimmen. Unter den alten Bekannten tauchen ab und zu fremde Gesichter auf. Auffallend ist eine gewisse Liberata Lotta von Montenerodòmo; sie hat mit ihren achtzig Jahren einen wundervollen Minervakopf von einer vollendeten Regelmäßigkeit und Hoheit der Züge; die auf dem Hinterkopf zusammengehaltene Fülle von Haaren sieht aus wie der in den Nacken gerückte Helm. In den Händen hält sie ein grünes Glasgefäß und wartet, bis man sie ruft.

– – Aber die Hauptepisode dieser Cholera-Chronik ist der Brückenkrieg.

Zwischen Pescara und Castellamare Adriatico, diesen beiden Gemeinden, die der schöne Fluß scheidet, herrscht eine uralte Zwietracht.

Unaufhörlich liegen sie miteinander im Streit und üben gegenseitig Repressalien aus. Jede der beiden Parteien thut alles, um das Gedeihen der anderen zu schädigen.

Heute ist die erste Quelle des Wohlstandes der Handel. Pescara hat Ueberfluß an allerlei Gewerbezweigen, und so bemühen sich die Castellamaresen schon lange, den Handel unter Anwendung von allerhand List und lügenhaften Versprechungen nach ihrem Ufer herüberzuziehen.

Jetzt noch überspannt eine alte, auf geteerten Kähnen ruhende und von Tauen zusammengehaltene Holzbrücke den Fluß. Kreuz und quer durch die Luft gehend, sind die Stricke und Ankertaue künstlich verflochten und ziehen sich von den hohen Pfosten am Ufer bis zum niedrigen Rand der schmalen Brustwehr herab. Es sieht aus wie ein altes Belagerungswerkzeug aus barbarischer Vorzeit. Die schlecht gefügten Bohlen biegen sich unter dem Gewicht der Karren. Unter dem gleichmäßigen Schritt darüber hinmarschierender Truppen wiegt, schwankt und erzittert die ganze ungefüge Maschine auf dem Wasser, schnellt wieder empor von einem Ende bis zum andern, und dabei schallt es wie Paukenschlag.

Von dieser Brücke schreibt sich die eines Tages auftauchende Legende vom heiligen Cetteo, dem Befreier, her. Jedes Jahr wird der Heilige mit allem Pomp der katholischen Kirchengebräuche in der Mitte der Brücke aufgestellt, um die frommen Grüße in Empfang zu nehmen, welche die Fischer von den vor Anker liegenden Barken senden.

So vom Montecorno und vom Meer aus gesehen, erscheint das einfache Machwerk fast wie ein vaterländisches Denkmal; es hat etwas von antiker Größe an sich und bildet für den Fremden ein Wahrzeichen, daß es hier ein Volk giebt, das noch in ursprünglicher Einfachheit lebt.

Auf diesen Bohlen, die sich unter dem lebhaften täglichen Getriebe abnutzen, stoßen die Gehässigkeiten der Bewohner von Pescara und von Castellamare zusammen. Und da sich von hier aus die Erzeugnisse des städtischen Gewerbefleißes in die umliegenden Landbezirke ergießen und sich gewinnbringend verbreiten, – oh, mit welcher Freude würde die gegnerische Seite die Taue durchschneiden und die sieben Kähne, die an allem schuld waren, aufeinanderstoßen, damit sie zerschellten und untergingen!

Die günstige Gelegenheit hierzu war nun gekommen. Mit einem großen Aufwand ländlicher Streitkräfte verlegte der Anführer der feindlichen Rotte den Pescaresen die breite Straße, die von der Brücke weit ins Land führt und unzählige Ortschaften miteinander verbindet.

Seine Absicht war, die feindliche Stadt gewissermaßen zu belagern, auf jede Weise den Außen- und Innenhandel lahmzulegen und die Käufer und Verkäufer, die gewohnheitsmäßig das rechte Ufer besuchten, zum heimischen Markt hinüberzuziehen. Wenn dann auf diese Weise durch die erzwungene Unthätigkeit alle Einnahmequellen verstopft wären, so hätte er seinen Zweck erreicht.

Er bot den Besitzern der pescaresischen Fischerbarken 20 Carlini für jedes 100 Pfund Fische, das die Barken am anderen Ufer landen und entladen würden. Dieses Uebereinkommen sollte bis Weihnachten dauern. Da aber in der Woche vor dem Weihnachtsfeste der Preis der Fische sowieso über 15 Dukaten für den Zentner steigt, so war dies ein recht hinterlistiger Vorschlag.

Die Schiffspatrone wiesen das Anerbieten zurück und zogen es vor, ihre Netze unbenutzt hängen zu lassen.

Dazu verbreitete der durchtriebene Gegner noch fälschlich das Gerücht, über Pescara sei ein großes Sterben gekommen. Auf dem ganzen Küstenstrich und sogar in Chieti wurden die Leute in freundschaftlichster Weise vor der friedlichen Stadt, von der die Seuche längst gewichen war, gewarnt.

Mit Gewalt wurden ehrsame Wegreisende, die gewohnheitsmäßig den Weg über die Landstraße zu nehmen pflegten, um weiter zu wandern, zurückgetrieben, oder sie wurden gefangen gesetzt. Der Führer hatte angeordnet, daß ein Trupp Landsknechte vom Morgengrauen bis zum Abend längs der Grenze Wache stände und Lärm schlüge, wenn sich jemand nahte.

Die Bewohner begannen sich schließlich gegen diese dreisten Willkürlichkeiten aufzulehnen. Dazu kam noch die Not. Die ganze Arbeiterbevölkerung litt unter der Beschäftigungslosigkeit, und die Kaufleute und Händler hatten ebenfalls großen Schaden.

Aus der Stadt war die Cholera verschwunden, auch die Küste, wo ihr nur einige gebrechliche Leute zum Opfer gefallen waren, war von ihr befreit.

Die Einwohner wollten wieder ihrer gewohnten Beschäftigung nachgehen.

In dieser bewegten Zeit warfen sich Francesco Pomarice, Antonio Sorrentino, Pietro d'Amico als Volkstribunen auf. Die Leute bildeten auf der Straße Gruppen und Parteien, hörten die Beschlüsse der Tribunen, klatschten Beifall, tadelten und lärmten. Es gärte im Volke, ein großer Tumult schien im Anzuge zu sein.

Um noch mehr aufzuwiegeln, erzählten einige die Heldenthat des Moretto di Claudia. Dieser war von den Landsknechten ergriffen und fünf Tage lang ohne andere Nahrung als Brot in dem Seuchenhaus gefangen gehalten worden. Es gelang ihm, sich zu befreien, er durchschwamm den Fluß und langte wassertriefend, atemlos, halb verhungert, aber strahlend vor Freude und Stolz, bei den Seinigen wieder an.

Inzwischen schickte der Bürgermeister, dem das Grollen vor dem Sturm nicht entging, sich an, mit dem Anführer der Castellamaresen, dem »Gran Nimico«, zu unterhandeln. Der Bürgermeister ist ein kleiner, nach Haaröl duftender Lockenkopf von Doktor juris, dessen Rockkragen immer mit Haarschuppen bestreut ist, seine kleinen, beweglichen Augen sind in der Kunst der Verstellung wohl geübt, der Gran Nimico, ein degenerierter Abkömmling des guten Gargantua, ungeschlacht, prustend, geräuschvoll und gierig. Die Unterredung fand auf neutralem Gebiete statt; anwesend waren dabei die ehrsamen Oberhäupter von Teramo und Chieti.

Gegen Sonnenuntergang erschien in Pescara ein Landsknecht, der einem der Ratsherren eine Botschaft überbringen sollte, setzte sich in einer Kneipe zu einem tüchtigen Trunke fest und taumelte dann ebenso tüchtig lärmend durch die Straßen. Als die Tribunen ihn sahen, kamen sie über ihn. Sie stießen ihn unter dem Geschrei und Gejohle des Pöbels bis zum Seuchenhaus am Ufer entlang vor sich her.

Ein flammender Sonnenuntergang lag auf dem Wasser; das Volk berauschte sich an dieser kriegerischen Röte.

Am gegenüberliegenden Ufer wurde zwischen Weiden und Gestrüpp ein Haufen Castellamaresen sichtbar, die mit Geschrei und drohenden Gebärden heftig gegen diesen Schimpf protestierten. Die Unseren antworteten mit gleicher Wut.

Der Landsknecht, den man hinter Schloß und Riegel gebracht hatte, bearbeitete aus Leibeskräften mit Händen und Füßen die Thür des Gefängnisses und schrie:

Macht mir auf! Macht mir auf!

Schlaf dich dort nur aus und bekümmere dich um weiter nichts! riefen höhnisch die Städter. Irgend jemand fügte spottend hinzu:

Wenn du wüßtest, wie viele darin schon gestorben sind! Merkst du nichts? Hat dein Wanst schon angefangen, sich ein wenig zu rühren? – –

Hurra! Hurra!

Am Schlagbaum tauchten blinkende Flintenläufe auf. Der kleine Bürgermeister kam an der Spitze der Soldaten herbei, um den Landsknecht freizulassen, da er den Unwillen des Gran Nimico nicht weiter herausfordern wollte.

Sofort begann das erregte Volk zu lärmen. Lebhaftes Geschrei erhob sich wider den feilen Castellamaresen-Befreier.

Auf dem ganzen Wege vom Seuchenhaus bis in die Stadt begleitete ihn das unausgesetzte Johlen und Pfeifen der Menge. Auch beim Schein der Fackeln hielt das Lärmen an, bis die Stimmen heiser waren.

Nach diesem ersten Ausbruch nahm der Aufstand größere Dimensionen an. Die Geschäfte wurden geschlossen. Alle Bürger, reich und arm, sammelten sich auf den Straßen und suchten, wie von einer Manie ergriffen, durch Reden, Schreien und Herumfuchteln auf alle mögliche Weise ihre Ansicht zum Ausdruck zu bringen.

Alle Augenblicke kam ein Tribun herbei, der eine Neuigkeit brachte. Die Leute liefen auseinander, traten wieder zusammen, bildeten neue Gruppen je nach der herrschenden Meinung.

In den Köpfen spukte der freie Tag, und da jeder Atemzug in der frischen Luft anregend wie ein Schluck Wein wirkte, so trat bei den Pescaresen die angeborene Lust zur spöttischen Fröhlichkeit zu Tage. Und so fuhren sie fort, in einer lustigen, ungebundenen Weise, so zum Spaß, zum Vergnügen und aus Freude am Neuen Rebellion zu machen.

Die Kniffe des Gran Nimico waren unerschöpflich. Jedwedes Uebereinkommen wurde durch geschickte Ausnutzung der Charakterlosigkeit des kleinen Bürgermeisters vereitelt.

Am Morgen von Allerheiligen, um die siebente Stunde, während in der Kirche das erste Hochamt abgehalten wurde, traten die Tribunen einen Rundgang durch die Stadt an; ihnen folgte eine lärmende Menge, die immer mehr anwuchs. Und als das ganze Volk versammelt war, hielt Antonio Sorrentino eine Ansprache. Alsdann zog man in Reih' und Glied, wie in einer Prozession, vor das Rathaus. Die Straßen lagen noch im bläulichen Schatten, während die helle Sonne die Dächer umspielte. Beim Anblick des Rathauses wollte das Geschrei kein Ende nehmen. Alles erging sich in gröblichen Beschimpfungen des Rechtsgelehrten; drohend erhoben sich die Fäuste. Das Brausen des Volksgeschreis ging durch die Luft und verhallte wie der volle Ton eines Instrumentes.

Auf dem Balkon des Rathauses ließ sich niemand sehen. Die Sonne stieg langsam vom Dach zu der großen, ganz mit schwarzen Ziffern und Linien bedeckten Sonnenuhr herab, auf welcher der Zeiger mit scharfumrissenem Schatten die Stunden angab. Zwischen der Toretta d'Annunzio und dem Glockenturm tummelten sich Schwärme von Tauben im tiefen Blau.

Das Rufen wurde lebhafter. Eine Handvoll Verwegener stürmte die Treppen des Rathauses hinauf. Der kleine Bürgermeister, bleich und eingeschüchtert, beugte sich dem Volkswillen, verließ den Bürgermeisterstuhl, verzichtete auf das Amt und stieg, gefolgt von den Ratsherren, unter Bedeckung von Gendarmen zur Straße hinab. Alsdann verließ er die Stadt und zog sich auf den Hügel von Spoltore zurück.

Die Thüren des Rathauses wurden geschlossen. In der Stadt herrschte vorläufig die reinste Anarchie. Die Miliz verschanzte sich auf der linksseitigen Spitze der Brücke, um den drohenden Ausbruch des Kampfes zwischen den Bewohnern der beiden Städte zu verhindern. Der Schwarm wendete sich, mit den Fahnen auf der Schulter, der Straße nach Chieti zu; denn von dort her erwartete man den Präfekten, der in aller Eile von einem königlichen Kommissar herbeigerufen war. Das Vorhaben ließ sich gefährlich an.

Aber der besänftigende Einfluß des heiteren Sonnenscheins wirkte beruhigend auf die Gemüter. Die Städterinnen kamen aus der Kirche und sammelten sich auf der breiten Straße. Sie boten ein originelles Bild in ihrer bunten, seidenen Festtagstracht, über und über bedeckt mit riesigen Schmucksachen von Silberfiligran und goldenen Ketten. Es war ein Vergnügen, diese rotwangigen, frischen Gesichter zu sehen. Hier und da hörte man Scherzworte und fröhliches Lachen. So verkürzte man sich die lange Zeit des Wartens in der angenehmsten Weise.

Der Wagen des Präfekten kam von Süden her in Sicht. Das Volk schloß einen Halbkreis, um ihm den Weg zu versperren. Antonio Sorrentino hielt wieder eine Rede, nicht ohne einen gewissen Schwung und blumenreiche Wendungen. Während der Redepausen forderte die Menge Abschaffung der Mißbräuche, Gewähr für Wiederherstellung geordneter Verhältnisse und durchgreifende Neuerungen. Zwei große Pferdeskelette, in denen noch Leben war, schüttelten von Zeit zu Zeit die Schellen des Geschirrs und zeigten den Rebellen mit einer höhnischen Grimasse ihr blutloses Gebiß. Der Polizeibeamte, – ich weiß nicht, welchem alten Bühnensänger, der seinen falschen Druidenbart noch nicht abgelegt hat, ähnlich, – suchte vom Kutschbock aus mit beschwichtigenden Handbewegungen das Feuer des Tribunen zu mäßigen.

Als der Eifer den Redner zu allzugroßer Kühnheit hinriß, hielt der Präfekt den richtigen Moment für gekommen, ihn zu unterbrechen, stieg auf den Wagentritt und brachte einige nichtssagende Sätze hervor, die in dem Geschrei des Pöbels ungehört verhallten.

Nach Pescara! Nach Pescara!

Von der Volkswelle sozusagen geschoben, setzte sich der Wagen wieder in Bewegung und gelangte in die Stadt. Da das Rathaus geschlossen war, so hielt er vor dem Delegiertenhause. Zehn Volksmänner gingen mit dem Präfekten hinein, um zu unterhandeln. Das Volk hielt die ganze Straße besetzt. Da und dort machte sich die Ungeduld Luft.

Die Straße war schmal. Die von der Sonne beschienenen Häuser strahlten eine wohlthuende Warme aus. Von dem blauen Himmel, von den in den Dachtraufen erzitternden Gräsern, von den Rosen an allen Fenstern, von den weißen Mauern, ja von der Straße selbst verbreitete sich ein unbeschreibliches Wohlbehagen. Hat sie doch den Ruf, die schönsten Pescareserinnen zu beherbergen. Dort lebt und pflanzt sich von Geschlecht zu Geschlecht eine Tradition von Schönheit fort. Das große, baufällige Haus des Don Fiore Ussorio ist ein wahres Treibhaus voll blühender Kinder und schlanker Mädchengestalten. Es ist ganz übersät mit kleinen Altanen, von denen ein üppiger Nelkenflor herabwinkt; diese ruhen auf rohgezimmerten Tragbalken, deren Köpfe geschnitzte Fratzen darstellen.

Nach und nach legte sich die Ungeduld der Menge. Müßiges Geplauder ging von Mund zu Mund, von einem Fußsteig zum anderen.

Domenico di Matteo, eine Art kleinstädtischer Radomont, spottete laut über die Eselhaftigkeit und Habsucht der Aerzte, welche die Gebrechlichen zu Tode kurierten, um von der Gemeinde eine um so höhere Belohnung zu erhalten. Er gab einige seiner staunenerregenden Kuren zum besten:

Hört nur 'mal! Ich hatte einmal heftige Brustschmerzen, so daß ich glaubte, es ginge zu Ende. Da mir der Arzt das Wassertrinken verboten hatte, so litt ich unter entsetzlichem Durste. Eines Nachts, während alles schlief, stand ich leise auf und tastete mich im Dunkeln zum Brunnen. Dort steckte ich den Kopf hinein und trank in einem fort wie ein Gaul, bis das Becken leer war. Am anderen Morgen war ich natürlich gesund. – Ein anderes Mal, als ich und einer meiner Bekannten vom Wechselfieber gepackt waren, gegen das alles Chininschlucken nicht helfen wollte, entschlossen wir uns zu einem Wagnis. Wir waren gerade am Ufer des Flusses; drüben stand ein Gartenhäuschen, ganz überdeckt mit reifen Trauben. Da entkleideten wir uns, sprangen in das kalte Wasser, schwammen zum andern Ufer hinüber und aßen von den Trauben, soviel wir konnten. Darauf schwammen wir wieder zurück, und – das Fieber war natürlich verschwunden. – Wieder ein andermal hatte ich eine schlimme Krankheit; für Arzt und Apotheker hatte ich schon über 15 Dukaten bezahlen müssen. Da sah ich meine Mutter am Waschtrog stehen und bekam einen glücklichen Einfall. Fünf Becher Lauge trank ich rasch nach einander hinunter und – fühlte mich natürlich gesund. –

Da kamen die schönen Insassinnen des Hauses in voller Lebhaftigkeit auf die Balkone, auf die Loggien, an die Fenster und lehnten sich über die Brüstung. Bei dieser Erscheinung schauten alle Männer von der Straße hinauf. Der Magen knurrte, und die Köpfe waren leer, denn die Essensstunde war längst vorüber. Von der Straße nach den Fenstern wurden kurze Zwiegespräche angeknüpft. Die Schönen antworteten spröde und mit Kopfschütteln oder zogen sich hellauflachend in das Innere zurück. Das frische Lachen perlte kristallhell herab und erregte in den Männern süßes Verlangen. Von den Wänden strahlte eine empfindliche Hitze aus, die den auf der Straße zusammengedrängt Stehenden unerträglich wurde. Das weiße, von den Wänden zurückprallende Licht blendete und verwirrte; ein Gefühl der Entnervung und Betäubung bemächtigte sich der mit nüchternem Magen dastehenden Menge.

Auf einem Altan erschien unerwartet die Ciccarina, die schönste der Schönen, die Rose der Rosen, der frischduftende Pfirsich, nach dem alles verlangte. Auf einen Ruck wandte sich alles ihr zu. Sie stand da, natürlich, ein triumphierendes Lächeln auf den Lippen, wie ein Dogaressa, die sich ihrem Volke zeigt.

Auf ihrem vollen Antlitz, dessen Teint dem Fleisch einer saftigen Frucht glich, lag der Sonnenschein. Die Haare, von jenem Kastanienbraun, auf dem goldgelbe Reflexe spielen, bedeckten die Stirne, die Schläfen und fielen ungebändigt auf den runden Hals herab. Von der ganzen Persönlichkeit ging ein angeborener Liebeszauber aus. Sie stand da, zwischen den zwei Starkästen, lächelnd, in voller Natürlichkeit, unberührt von den verlangenden Blicken, die an ihr hingen. Die Starmätze pfiffen ihr Lied.

Ein neckischer Reim flog zur Loggia hinauf, und die Ciccarina zog sich zurück. –

Die Menge stand wortlos auf der Straße, gleichsam geblendet von den hellen Lichtstrahlen und der Schönheit dieses Weibes.

Der Hunger jedoch gewann die Oberhand, und alles sehnte sich nach Speise und Trank.

Aus einem Fenster des Delegiertenhauses lehnte sich einer der Unterhändler heraus und rief mit weithin schallender Stimme:

Mitbürger, geht heim!

In drei Stunden wird die Sache entschieden sein.

Über tredition

Eigenes Buch veröffentlichen

tredition wurde 2006 in Hamburg gegründet und hat seither mehrere tausend Buchtitel veröffentlicht. Autoren veröffentlichen in wenigen leichten Schritten gedruckte Bücher, e-Books und audio-Books. tredition hat das Ziel, die beste und fairste Veröffentlichungsmöglichkeit für Autoren zu bieten.

tredition wurde mit der Erkenntnis gegründet, dass nur etwa jedes 200. bei Verlagen eingereichte Manuskript veröffentlicht wird. Dabei hat jedes Buch seinen Markt, also seine Leser. tredition sorgt dafür, dass für jedes Buch die Leserschaft auch erreicht wird.

Im einzigartigen Literatur-Netzwerk von tredition bieten zahlreiche Literatur-Partner (das sind Lektoren, Übersetzer, Hörbuchsprecher und Illustratoren) ihre Dienstleistung an, um Manuskripte zu verbessern oder die Vielfalt zu erhöhen. Autoren vereinbaren direkt mit den Literatur-Partnern die Konditionen ihrer Zusammenarbeit und partizipieren gemeinsam am Erfolg des Buches.

Das gesamte Verlagsprogramm von tredition ist bei allen stationären Buchhandlungen und Online-Buchhändlern wie z. B. Amazon erhältlich. e-Books stehen bei den führenden Online-Portalen (z. B. iBookstore von Apple oder Kindle von Amazon) zum Verkauf.

Einfach leicht ein Buch veröffentlichen: **www.tredition.de**

Eigene Buchreihe oder eigenen Verlag gründen

Seit 2009 bietet tredition sein Verlagskonzept auch als sogenanntes "White-Label" an. Das bedeutet, dass andere Unternehmen, Institutionen und Personen risikofrei und unkompliziert selbst zum Herausgeber von Büchern und Buchreihen unter eigener Marke werden können. tredition übernimmt dabei das komplette Herstellungs- und Distributionsrisiko.

Zahlreiche Zeitschriften-, Zeitungs- und Buchverlage, Universitäten, Forschungseinrichtungen u.v.m. nutzen diese Dienstleistung von tredition, um unter eigener Marke ohne Risiko Bücher zu verlegen.

Alle Informationen im Internet: **www.tredition.de/fuer-verlage**

tredition wurde mit mehreren Innovationspreisen ausgezeichnet, u. a. mit dem Webfuture Award und dem Innovationspreis der Buch Digitale.

tredition ist Mitglied im Börsenverein des Deutschen Buchhandels.

Dieses Werk elektronisch lesen

Dieses Werk ist Teil der Gutenberg-DE Edition DVD. Diese enthält das komplette Archiv des Projekt Gutenberg-DE. Die DVD ist im Internet erhältlich auf **http://gutenbergshop.abc.de**